双葉文庫

新・知らぬが半兵衛手控帖

思案橋

藤井邦夫

目次

思案橋　新・知らぬが半兵衛手控帖

江戸町奉行所には、与力二十五騎、同心百二十人がおり、南北合わせて三百人ほどの人数がいた。その中で捕物、刑事事件を扱う同心は所謂《いわゆる》〝三廻り同心〟と云い、各奉行所に定町廻り同心六名、臨時廻り同心六名、隠密廻り同心二名とされていた。

臨時廻り同心は、定町廻り同心の予備隊的存在だが職務は全く同じである。そして、定町廻り同心を長年勤めた者がなり、指導、相談に応じる先輩格でもあった。

第一話　思案橋

一

雨戸の隙間や節穴《ふしあな》から差し込む朝日は、障子《しょうじ》に明るく映《は》えていた。

北町奉行所臨時廻《りんじまわ》り同心白縫半兵衛《しらぬいはんべえ》は、蒲団《ふとん》の中で大きく背伸びをして起き上がった。

寒さが温まっている五体を一気に包んだ。

半兵衛は、小さく身震《みぶる》いをして障子と雨戸を開けた。そして、手拭《てぬぐい》と房楊枝《ふさようじ》を手にして井戸端に行き、歯を磨いて顔を洗った。

今朝、半兵衛は廻《まわ》り髪結《かみゆい》の房吉《ふさきち》に起こされずに眼を覚ました。

近頃、こうした事が多くなった。

半兵衛は、手拭で濡れた顔を拭った。

「おはようございます。早いですね」

廻り髪結の房吉が、鬢盥《びんだらい》を手にして庭に入って来た。

「やあ。歳の所為《せい》かな……」

半兵衛は苦笑した。


房吉が半兵衛の日髪日剃《ひがみひぞり》を終えた頃、本湊《ほんみなと》の半次《はんじ》が下《した》っ引《ぴき》の音次郎《おとじろう》を連れてやって来た。

半兵衛は、房吉、半次、音次郎と朝飯を作って食べた。そして、組屋敷を出て房吉と別れ、半次や音次郎と北町奉行所に向かった。


八丁堀北島町《はっちょうぼりきたじまちょう》から肥後《ひご》国熊本《くまもと》藩江戸下屋敷の脇を抜けて楓川《もみじがわ》に出る。そして、楓川に架かっている新場橋《しんばばし》を渡り、日本橋《にほんばし》の通りを横切って西に進むと外濠になり、呉服橋《ごふくばし》御門が架かっていた。その呉服橋御門内に北町奉行所はあった。

半兵衛たちの行く手に楓川に架かっている新場橋が見えてきた。

新場橋には武家の中間《ちゅうげん》小者《こもの》や町方の者たちが集まり、橋の下を覗《のぞ》いて騒《ざわ》めいていた。

「ちょいと見て来ます」

音次郎は、新場橋に集まっている人々の許《もと》に走った。

「どうしたんですかね」

「うん……」

半兵衛と半次は、新場橋に急いだ。

「旦那、親分……」

音次郎は、半兵衛と半次の許に駆け戻って来た。

「どうした」

「新場橋の橋脚に土左衛門《どざえもん》が引っ掛かっています」

「土左衛門……」

半兵衛は眉をひそめた。


男の死体は楓川から引き上げられ、本材木町《ほんざいもくちょう》三丁目の自身番《じしんばん》に運ばれた。

半兵衛は、男の死体を検《あらた》めた。

死体の男は、三十歳過ぎで派手な半纏《はんてん》を着ており、般若《はんにゃ》の彫《ほ》り物《もの》を背負っていた。

「堅気《かたぎ》じゃありませんね」

半次は、般若の彫り物を示した。

「うん。そのようだね……」

「昨夜、酒に酔っ払って落ちたんですかね」

音次郎は読んだ。

「音次郎、身体の固まり具合から見て、死んだのは昨夜だろうが、こいつは土左衛門じゃあない」

半兵衛は苦笑した。

「えっ……」

「土左衛門なら水を飲んで身体がもっと膨《ふく》れあがっている」

「じゃあ、殺されてから楓川に投げ込まれたんですか……」

「おそらくな」

半兵衛は頷《うなず》いた。

「旦那……」

男の般若の彫り物を検めていた半次が、半兵衛を呼んだ。

「どうした」

「此処《ここ》に傷がありましたよ」

半次は、男の背中の般若の眼を示した。そこは、心の臓の裏側だった。火箸《ひばし》程の太さの傷口が、彫り物の般若の黒目にあった。

半兵衛は、傷口を詳しく検めた。

半次と音次郎は見守った。

「うん。太くて長い針で背中の般若の黒目から心の臓を一突きしたようだね」

半兵衛は睨《にら》んだ。

「背中から心の臓を一突きですか……」

半次は、厳しさを滲《にじ》ませた。

「どうやら玄人《くろうと》の仕事だな」

「はい……」

「親分、玄人ってのは……」

音次郎は戸惑った。

「人殺しを稼業にしている奴だ」

「ああ。始末屋《しまつや》ですか……」

「呼び名はいろいろあるが、金を貰《もら》って人殺しをする玄人だ」

「へえ、そんな奴の仕業《しわざ》ですか……」

音次郎は感心した。

「して音次郎、仏の身許《みもと》が分かるような物はあったか……」

半兵衛は尋ねた。

「いえ。財布には一両三分と小銭が入っていましたが、身許が分かるような物はありませんでした」

音次郎は、腹立たしげに告げた。

「あの、白縫さま……」

老木戸番の茂助《もすけ》が、遠慮がちに声を掛けて来た。

「なんだい、茂助の父っつあん……」

半兵衛と半次は、本材木町三丁目の木戸番の茂助と顔見知りだった。

「仏さん、般若の猪之吉《いのきち》って博奕《ばくちう》打ちですよ」

茂助は、男の死体を眉をひそめて一瞥《いちべつ》した。

「ほう。博奕打ちの般若の猪之吉か……」

般若の彫り物を背負った男の身許は、呆気《あっけ》なく割れた。

「へい。博奕打ちと云っても、裏で何をしているか分からねえ野郎です」

「恨《うら》まれているかな……」

「そりゃあ、もう……」

茂助は頷いた。

「何処《どこ》に住んでいるんですかい……」

半次は訊いた。

「正木町《まさきちよう》に情婦《おんな》の家があります」

「情婦……」

「ええ。おつやって芸者あがりの女でしてね。三味線《しやみせん》を教えています」

「よし。音次郎、正木町に一っ走りして、おつやを呼んできな」

半次は命じた。

「合点《がつてん》です」

日本橋正木町は、楓川沿いにあって新場橋から遠くはない。

音次郎は威勢良く走り去った。

「じゃあ、半次、おつやは任せるよ。私は北町奉行所でちょいと調べ物をしているよ」

「承知しました」

半兵衛は、本材木町三丁目の自身番に半次を残して北町奉行所に向かった。

日本橋正木町のおつやの家は、楓川の近くにあった。

「何ですか……」

粋《いき》な形《なり》をした年増《としま》のおつやは、細い眉を怪訝《けげん》にひそめた。

「うん。見て貰いたいものがあってね。ちょいと一緒に来て欲しいんだ」

「見て貰いたいもの……」

おつやは、見て貰いたいものが何か気が付いたのか、緊張を浮かべた。

音次郎は、おつやを連れて本材木町三丁目の自身番に戻った。


「やあ。忙しい処《ところ》、来て貰ってすまないね。ま、見てくれ」

半次は、猪之吉に掛けられている筵《むしろ》を捲《めく》った。

「あ、あんた……」

おつやは、強張《こわば》った面持《おもも》ちで猪之吉の死に顔を見詰めた。

「猪之吉に間違いないね」

「はい……」

おつやは、猪之吉の顔を見詰めたまま頷いた。

その眼は乾き、涙は窺《うかが》えなかった。

半次は眉をひそめた。


新場橋に佇《たたず》むおつやは、微《かす》かに吹き抜ける川風に解《ほつ》れ髪《がみ》を揺らした。

「それで、猪之吉は一昨日の昼過ぎに出掛けたまま帰って来なかったんだね」

半次は、猪之吉の行動を訊いた。

「はい……」

「じゃあ、一昨日の夜は帰って来ず、何処で何をしていたか、分かるかな」

「きっと、賭場《とば》ですよ」

「博奕か。何処の賭場に行ったのか知っているかい……」

「きっと、入谷《いりや》のお寺の賭場だと思います……」

「入谷の寺か……」

「はい……」

おつやは頷いた。

「何て寺かは……」

「そこ迄《まで》は存じません」

おつやは俯《うつむ》いた。

博奕打ちの猪之吉は、一昨日の昼過ぎに賭場に出掛け、昨日の夜に帰って来た処を襲われて殺され、楓川に放り込まれた。

半次は読んだ。


北町奉行所例繰方《れいくりかた》の用部屋は、紙と墨の匂いに満ちていた。

半兵衛は、微かな懐かしさを感じながら一冊の御仕置裁許帳《おしおきさいきょちょう》を開き、眉をひそめて読み進めた。

「やはりな……」

半兵衛は、厳しさを過《よ》ぎらせた。


風が吹き抜け、外濠には小波《さざなみ》が走っていた。

呉服橋を渡って外濠沿いを北に進むと一石橋《いちこくばし》があり、袂《たもと》に古い蕎麦屋《そばや》があった。

半兵衛は、半次と音次郎を伴って蕎麦屋の小座敷にあがった。

「そうか。茂助の父っつあんの云う通り、仏は博奕打ちの猪之吉に違いなかったか……」

「はい。おつやの話じゃあ、一昨日の昼過ぎに出掛けたままだったそうです」

「一昨日の昼過ぎか……」

「ええ。入谷の寺の賭場じゃあないかと……」

「入谷の寺ねえ……」

「はい……」

「音次郎、心当りはあるか……」

半兵衛は、博奕打ちを気取っていた音次郎に訊いた。

「いえ。入谷は不案内でして……」

「そうか……」

「おまちどおさま……」

蕎麦屋の小女が、蕎麦を持って来た。

半兵衛、半次、音次郎は蕎麦を食べ始めた。

「それから半次、音次郎、ちょいと調べてみたのだが、太針を使う人殺し、以前にもいたよ」

半兵衛は告げた。

「以前にも……」

　半次は眉をひそめた。

「ああ。五年前迄、金で人殺しを請負《うけお》う天罰屋《てんばつや》って奴らがいてな。その中に太針を使って人を殺す奴もいたそうだ」

「旦那、その天罰屋は今……」

「何があったかは知らぬが、五年前に消息を絶っている」

「じゃあ、五年振りに太針を使う天罰屋が現れましたか……」

「うむ。ま、猪之吉を殺《や》った奴が五年前の天罰屋の一人かどうかは分からないがね」

「はい……」

「何《いず》れにしろ、相手は人殺しの玄人だろう。呉々《くれぐれ》も気を付けてな」

「心得ました」

「いいな、音次郎……」

　半兵衛は、音次郎に念を押した。

「はい」

　音次郎は、緊張に喉《のど》を鳴らして頷いた。

「して半次、おつやはどんな様子だった」

「そいつが、猪之吉の死体を見ても取り乱したり、泣いたりする事もなく、落ち着いていましたよ」

「落ち着いていた……」

半兵衛は眉をひそめた。

「はい。猪之吉、評判が悪い奴ですから、いつかはこうなるかもしれないと、覚悟をしていたのかもしれません」

「そうか。落ち着いていたか……」

半兵衛は、おつやに興味を抱いた。

「ええ。じゃあ旦那、あっしと音次郎は、入谷の賭場を突き止め、猪之吉の足取りと恨んでいる奴の割り出しを急ぎます」

「うん。頼む……」

半兵衛は、蕎麦を食べ終えて茶を飲んだ。

形ばかりの淋しい弔《とむら》いでも、やって貰えないよりは良いのかもしれない。

おつやは、人足に頼んで猪之吉の死体を寺に運び、それなりの御布施《おふせ》を納めて弔って貰った。
住職は、猪之吉の死体を墓地の片隅に埋葬し、卒塔婆《そとば》を立てて経を読んだ。
おつやは、地味な着物を着て俯き加減で手を合わせていた。
その顔に涙はなく、泣いて浮腫《むく》んだ跡《あと》も窺えなかった。
半次の云う通り落ち着いている……。
半兵衛は、墓の陰から参列者がおつやだけの淋しい弔いを見守った。
住職の経も済み、猪之吉のささやかな弔いは早々に終わった。
おつやは、住職と言葉を交わして深々と頭を下げた。
住職は、庫裏《くり》に戻って行った。
おつやは頭を上げた。
その顔に哀しみはなく、微かな晴れやかさが窺えた。
おつやは、猪之吉の墓を一瞥して墓地から出て行った。
半兵衛は、墓の陰から出ておつやを追った。

入谷田圃《たんぼ》の中にある感命寺《かんめいじ》は、住職が酒と女に現《うつつ》を抜かし、檀家《だんか》と小坊主や寺男に逃げられていた。

「感命寺か……」

「ええ。博奕打ちが賭場にするのに持って来いの寺ですね」

音次郎は、古く荒れた感命寺を眺めた。

感命寺は庭木の手入れもしておらず、雑木林のようになっていた。

「酒と女に現を抜かす住職に金をやって賭場にしちまうか……」

半次は、雑草の生えている感命寺の境内《けいだい》に眉をひそめた。

「親分……」

音次郎は、感命寺から出て来た三下《さんした》を示した。

「博奕打ちの三下ですよ」

〝三下〟とは、博奕打ちの使いっ走りだ。

「よし。ちょいと締め上げてみるか……」

半次は笑った。


感命寺を出た三下は、田舎道を入谷鬼子母神《きしもじん》に向かっていた。

田舎道の先には、木々に囲まれた古い御堂があった。

半次は、古い御堂の前で三下を呼び止めた。

三下は立ち止まり、怪訝な面持ちで振り返った。

音次郎は、三下の行く手に素早く廻り込んだ。

「な、何だ手前……」

三下は戸惑った。

「ちょいと訊きたい事があってな。面を貸して貰おうか」

半次は、懐《ふところ》の十手《じって》を僅《わず》かに見せた。

「えっ……」

三下は、僅かな怯《おび》えを過ぎらせた。

「さあ……」

音次郎は、親しげに三下の肩に手を廻して御堂に押した。

「あっ……」

三下は狼狽《うろた》えた。

「ま、いいじゃあねえか。お前、名は何て云うんだい……」

音次郎は、笑いながら三下を御堂の前に連れ込んだ。

半次は苦笑した。

「猪之吉さんですか……」

三下の金八《きんぱち》は、博奕打ちの般若の猪之吉を知っていた。

「ああ。感命寺の賭場に出入りしているな」

半次は鎌《かま》を掛けた。

「へい……」

金八は、感命寺に賭場があるのを認めた。

「感命寺の賭場、何処の貸元《かしもと》の仕切りだい」

音次郎は訊いた。

「元黒門町《もとくろもんちょう》の五郎蔵《ごろぞう》の貸元だよ」

「元黒門町の五郎蔵貸元か……」

「ああ……」

金八は頷いた。

「で、猪之吉だが、一昨日、賭場に来たな」

半次は尋ねた。

「はい。日暮れにお見えになりました」

「それで、昨日の朝迄、博奕を打っていたのかい」

「ええ。猪之吉さん、一昨日の夜は勝ったり負けたり、ちょいと稼いだぐらいでして。親分さん、猪之吉さん、何か悪さでもしたんですかい……」

「悪さをしたからかどうかは分からねえが、猪之吉、殺されたよ」

半次は告げた。

「殺された……」

金八は驚き、素《す》っ頓狂《とんきょう》な声をあげた。

「それで金八。猪之吉、昨日の朝、賭場から帰ったんだな」

「ええ。一服して、長助《ちょうすけ》さんと一緒に帰って行きました」

「長助……」

「へい。厨《くりや》の長助さんって板前崩れの博奕打ちでしてね。猪之吉さんとは、餓鬼《がき》の頃からの悪仲間だって聞いた事があります」

「その厨の長助、何処に住んでいるんだ」

「親分さん、もう勘弁して下さい……」

金八は、怯えを滲ませて口籠《くちごも》った。

「心配するな金八。お前の名は一切出さない」

半次は約束した。

「金八、俺の親分だ。悪いようにはしねえぜ」

音次郎は、金八に笑い掛けた。

「長助さん、湯島《ゆしま》の切通町《きりどおしまち》に住んでいます」

「湯島の切通町か……」

「はい。親分さん、猪之吉さんと長助さんは悪い噂《うわさ》がいろいろあって……」

金八は、怯えを露《あら》わにした。

「良く分かった、金八。俺もお前の事は一切忘れる。お前も何もかも忘れるんだな」

半次は云い聞かせた。

「へい。そいつはもう……」

金八は、何度も頷いた。

「よし。じゃあ、行きな」

半次は笑った。

「じゃあ、御免なすって……」

金八は、振り返りもせずに駆け去った。

「親分、厨の長助ですかい……」

「ああ。三下でも金八も博奕打ちだ。そいつがあんなに怯える処をみると、猪之吉と長助、相当に酷《ひど》い悪だな」

「ええ。きっと恨んでいる奴も大勢いるんでしょうね」

「その恨んでいる者の誰かが、太針を使う人殺しを雇ったのだろうな」

半次は読んだ。

「きっと……」

「よし。猪之吉と一緒に帰った厨の長助の処に行くか……」

半次と音次郎は、湯島天神裏の切通町に向かった。


日本橋正木町のおつやの家からは、三味線の音色《ねいろ》が洩《も》れていた。

半兵衛は、寺から帰るおつやを見守った。

おつやは、寺から何処にも寄らずに正木町の家に帰って来た。

半兵衛は見届けた。

陽は西に沈み、楓川の流れを赤く煌《きら》めかせていた。

三味線の音色は洩れ続けていた。

おつやは、猪之吉が死んだからと云っても、毎日の暮らしを変えるつもりはないらしい。
殺された猪之吉は、おつやにとってどんな存在だったのか……。
半兵衛は気になった。
おつやと猪之吉は、どのような拘《かか》わりがあって情婦《おんな》と情夫《おとこ》になったのか……。
おつやの様子をみる限り、猪之吉に未練はないようだ。
半兵衛は、想いを巡らせた。
着流しの浪人が、楓川に架かっている越中橋《えっちゅうばし》を渡って来た。
半兵衛は、咄嗟《とっさ》に物陰に潜んだ。
着流しの浪人は、おつやの家の前で立ち止まって窺った。
おつやの家に来たのか……。
半兵衛は、微かな緊張を覚えた。
三味線の音色は続いた。

二

三味線の爪弾《つまび》きは、おつやの家から洩れ続けていた。
着流しの浪人は、三味線の音色に聞き惚《ほ》れたか、おつやの家を眺めた。

半兵衛は見守った。

着流しの浪人は、我に返ったかのように苦笑し、おつやの家の前から離れ、楓川沿いの道を南に向かった。

どうする……。

半兵衛は、着流しの浪人を追うか、このままおつやを調べるか迷った。

着流しの浪人が、おつやと拘わりがあるとは云い切れない。

おつやを調べる……。

半兵衛は決めた。


「おつやさんですか……」

正木町の自身番の店番は、微かに眉をひそめた。

「うむ。いつからあの家に住んでいるのかな」

半兵衛は尋ねた。

「もう五年になりますか……」

「五年か……」

「ええ。芸者だったおつやさん、京橋《きようばし》の呉服屋の旦那に囲われて、あの家に住むようになったんですがね。二年ぐらいが過ぎた時、呉服屋の旦那が急な病で亡くなり、手切金《てぎれきん》として貰ったのがあの家でしてね」

「以来、三味線を教えながらあの家に住んでいるのか……」

「はい。ですが……」

店番は眉をひそめた。

「猪之吉か……」

半兵衛は読んだ。

「はい。どうしてかは分かりませんが、去年から出入りするようになりましてね。三味線を習いに来ていた娘さんや旦那衆、みんな辞めちまいましてね」

「評判の悪い博奕打ちが出入りしているとなると、堅気は寄り付かないか……」

おつやも三味線の師匠としては猪之吉の被害者なのだ。

「はい。気の毒に。ですが、猪之吉の奴が死んだとなると……」

「また、みんな三味線を習いに来るかな」

「ええ。きっと……」

店番は笑った。

おつやが弔いから戻り、三味線を弾き始めたのは、猪之吉が死んだ喜びからなのかもしれない。
半兵衛はそう思った。
それにしても、猪之吉がおつやの家に出入りをするようになった経緯《いきさつ》は何なのだ。
おつやに何らかの弱味があり、猪之吉に脅されての事なのかもしれない。
もしそうだとしたなら、おつやの弱味とは何なのか……。
半兵衛は、それを探る手立てを思案した。

湯島天神裏、切通町の裏通りにある潰れた小さな飲み屋があった。
その潰れた小さな飲み屋が、厨の長助の家だった。
半次は、音次郎を連れて潰れた小さな飲み屋を訪れた。
潰れた小さな飲み屋は雨戸が閉められており、出入りは裏からしているようだった。
半次と音次郎は、潰れた小さな飲み屋の裏手に廻った。
裏手には勝手口があった。

「長助さん……」

音次郎は、勝手口の板戸を叩いて声を掛けた。だが、長助の返事はなかった。

「留守なんですかね」

音次郎は、板戸に手を掛けた。

板戸は、軋《きし》みを短くあげて開いた。

「親分……」

音次郎は、半次を振り返った。

「開けてみな……」

半次は促《うなが》した。

「はい……」

音次郎は、板戸を開けた。

板戸の中は板場であり、薄暗い店が見えた。そして、横手の障子の奥に居間があった。

「いるかい。長助さん……」

半次は、板場の横にある居間に声を掛けた。

居間から返事はなかった。

「やっぱり、出掛けているんですかね」

「うん……」

半次は、板場に踏み込んだ。

音次郎は続いた。

半次と音次郎は、板場から店を窺った。

板場と店は使われている様子はなく、流しや飯台には埃《ほこり》が積もっていた。


半次と音次郎は、居間の障子を開けた。

薄暗い居間には、中年の男が蒲団を被《かぶ》って横たわっていた。

長助か……。

半次は、中年の男を厨の長助と睨んで声を掛けた。

「長助……」

だが、長助と思われる中年男は返事をしなかった。

「親分……」

音次郎は、緊張に喉を鳴らした。

「うん……」

半次は、長助の上の蒲団を取った。

長助は不自然な格好で横たわり、微動だにしなかった。

半次は、長助の息を調べた。

長助は死んでいた。

「死んでいる……」

「やっぱり……」

音次郎は、嗄《しやが》れ声を震わせた。

半次は、長助の死体を検めた。

長助の胸には、三分程の大きさの乾いた血の固まりがあった。

心の臓に太針が打ち込まれた痕……。

半次は睨み、他に傷はないか長助の身体を調べた。

傷は、心の臓に太針が打ち込まれた痕しかなかった。

般若の猪之吉殺しと同じ手口……。

半次は見定めた。

「親分……」

「猪之吉と同じように心の臓に太針を打ち込まれて殺されている」

「じゃあ、殺ったのは、猪之吉を殺った野郎ですか……」

「ああ。間違いねえ。音次郎、自身番に頼んで半兵衛の旦那に報《しら》せろ。それから、此処にどんな奴が出入りしているか調べろ」

「合点です」

音次郎は、潰れた小さな飲み屋から出て行った。

般若の猪之吉に続き、厨の長助が同じ者によって殺された。

猪之吉と長助は、強請集《ゆすりたか》りに騙《かた》りに狼藉《ろうぜき》と評判が悪く、恨んでいる者も多い。恨んでいる者の一人が、太針で人を殺すのを生業《なりわい》にしている始末屋に金で頼んだのかもしれない。

半次は、長助を太針で殺した始末屋の手掛かりを探した。


般若の猪之吉に続き、連《つる》んで悪事を働いていた厨の長助が殺された。

半兵衛は、切通町の自身番の報せをうけて、潰れた小さな飲み屋に駆け付けた。そして、半次に事情を聞き、厨の長助の死体を検めた。

「半次の睨み通り、猪之吉を殺った奴の仕業だな」

「やっぱり……」

「それで、太針を使う人殺しの手掛かり、何かあったのか……」

半兵衛は眉をひそめた。

「そいつが皆目《かいもく》。今、音次郎が此処に出入りしていた者を捜していますが、中々《なかなか》……」

半次は、悔しげに首を横に振った。

「やはり、太針を使う人殺しを雇った者から追うしかないか……」

「そいつが早いかもしれません」

半次は頷いた。

「猪之吉と長助が連んで働いた悪事か……」

「はい。どんなものがあるのか、此《これ》から調べてみます」

「うむ。それにしても、殺されたのは評判の悪い阿漕《あこぎ》な博奕打ちだ。世間には罰《ばち》が当たったと喜んでいる者も多いから、聞き込みも面倒だな」

「はい。聞き込んだ相手の中には、俺も殺したいぐらい恨んでいたって者もいますからね」

「だろうな。今頃は天罰屋大明神って手を合わせている者もいるさ……」

半兵衛は苦笑した。

「じゃあ、天罰屋大明神をお縄にして獄門《ごくもん》に送ったら、旦那とあっしも恨まれますか……」

「うん。覚悟していた方が良いかもしれんが、そうはさせないよ」

半兵衛は、笑いながら云い放った。

「旦那、親分……」

音次郎が入って来た。

「何か分かったか……」

「大した事じゃあないかもしれませんが、昨日の夕暮れ時、着流しの浪人が此処から出て行くのを見た人がいましたよ」

「着流しの浪人……」

半兵衛は眉をひそめた。

「旦那、ご存知なんですか……」

「ひょっとしたら、おつやの家の前で見掛けた浪人かもしれない……」

半兵衛は、おつやの家の前に立ち止まって三味線の音を聞く着流しの浪人を思い出した。

「おつやの家の前で……」

「うむ……」

半兵衛は、厳しい面持ちで頷いた。

陽は沈み、長い一日が終わろうとしていた。


般若の猪之吉と厨の長助は、他に悪仲間はいなかったのか……。

もし、他にも悪仲間がいて、一緒に恨まれるような真似をしていたのなら、そいつも命を狙われている。

半兵衛は睨んだ。そして、半次に長助が酒を飲みに通う馴染《なじみ》の店を探すように命じ、おつやの家に向かった。


日本橋正木町のおつやの家からは、三味線の音が洩れていた。

半兵衛は、おつやの家の斜向《はすむ》かいの甘味処《かんみどころ》の暖簾《のれん》を潜った。そして、甘味処の二階の座敷にあがり、茶と汁粉《しるこ》を頼んだ。

瘦《や》せた着流しの浪人が再び現れるか……。

それとも、おつやが出掛けるか……。

半兵衛は、汁粉を食べながら窓からおつやの家を見張った。

おつやの家には、三味線を習いに来たお店《たな》の旦那たちが出入りしていた。

湯島天神門前町にある居酒屋『大虎《おおとら》や』が、長助の馴染の店だった。

半次は、音次郎を従えて居酒屋『大虎や』を訪れた。

居酒屋『大虎や』は、板前や男衆《おとこし》が開店の仕度《したく》をしていた。

半次は、『大虎や』の主《あるじ》の彦八《ひこはち》に長助の事を尋ねた。

「ええ。長助なら良く来るけど、野郎、又何かやったのかい……」

彦八は、白髪交《しらがま》じりの眉をひそめた。

「そいつが、殺されてね」

半次は、彦八の様子を窺いながら告げた。

「へえ、殺されたか……」

彦八は驚きもせず、笑みを浮かべた。

「うん。殺《や》った者に心当りはないかな」

「親分、長助の野郎は、悪い仲間と連んで強請集りに騙りを働くろくでなしでね。殺したい程、恨んでいる者は数え切れねえよ」

「多すぎて分からないか……」

「ああ。そうか、長助の野郎、到頭《とうとう》殺されたかい。ま、遅かれ早かれ、こうなるとは思っていたがね」

彦八は苦笑した。

半次は、彦八が驚かなかった理由を知った。

「そんなに酷かったのかい」

「ああ。此の前、般若の猪之吉って博奕打ちと連んで茶店娘を騙《だま》し、女衒《ぜげん》に売り飛ばしたって噂だよ」

「茶店娘を騙して女衒に売り飛ばした……」

半次は眉をひそめた。

「ああ。噂だがね。本当に質《たち》の悪い奴らでね。次は連んでいる博奕打ちの猪之吉の野郎も殺されるかもな」

「般若の猪之吉、もう殺されたよ」

半次は告げた。

「殺された……」

彦八は、喉を引《ひ》き攣《つ》らせた。

「ああ。で、猪之吉と長助、茶店娘を騙して何処の女衒に売り飛ばしたのかな」

「確かじゃあねえが、薬研堀《やげんぼり》の仁兵衛《にへえ》だと思うぜ」

彦八は首を捻《ひね》った。

「薬研堀の仁兵衛か……」

半次は念を押した。

「ああ……」

「親分、行ってみますか……」

音次郎は意気込んだ。

「うん……」

「そうか、長助と猪之吉の野郎、殺されたか、そいつは目出度《めでて》え……」

彦八は、面白そうに笑った。

半次は苦笑した。


お店の旦那がおつやの家から現れ、おつやに見送られて帰って行った。

おつやは、警戒するように辺りを見廻して家に入った。

おつやが動く……。

半兵衛は睨み、二階の座敷から店に降りた。

僅かな刻が過ぎた。

おつやが、家から出て来て楓川沿いの道を北に向かった。

半兵衛が甘味処から現れ、おつやを追った。


大川《おおかわ》には様々な船が行き交い、両国広小路《りょうごくひろこうじ》は賑《にぎ》わっていた。

薬研堀は、両国広小路の南の外れにある。

半次と音次郎は、女衒の仁兵衛の家を見付けた。

女衒の仁兵衛の家は、薬研堀の奥にあった。

半次と音次郎は、女衒の仁兵衛の家の様子を窺った。

女衒の仁兵衛の家は、出入りする者もいなく静かだった。

「界隈《かいわい》の人や棒手振《ぼてふり》にそれとなく訊いたんですが、今の処《ところ》、仁兵衛の家に変わった事はないようですね」

音次郎は半次に報せた。

「うん。女衒の仁兵衛、未だ殺されちゃあいないようだな」

「はい。これから来るんですかね、太針使いの人殺し……」

音次郎は、緊張に声を震わせた。

「仁兵衛も恨まれ、狙われていたらな。よし。暫《しばら》く見張って様子を窺おう」

半次は決めた。

薬研堀に繋《つな》がれた猪牙舟《ちよきぶね》は、吹き抜ける風に揺れていた。


楓川は日本橋川と合流している。

おつやは、日本橋川に架かっている江戸橋《えどばし》を渡った。そして、直《す》ぐに西堀留川《にしほりどめがわ》に架かっている荒布橋《あらめばし》に進んだ。

半兵衛は、慎重に追った。

おつやは、荒布橋を渡って小網町《こあみちよう》一丁目に進んだ。

小網町一丁目と二丁目の間には東堀留川があり、思案橋《しあんばし》で結ばれていた。

おつやは、小網町一丁目を抜けて思案橋の袂に立ち止まった。そして、東堀留川の向こうの小網町二丁目を眺めた。

半兵衛は、物陰から見守った。

おつやは、小網町二丁目に用があるのか……。

半兵衛は読んだ。

思案橋の袂に佇むおつやの顔には、迷いが浮かんでいた。

迷っている……。
半兵衛は、おつやが迷っているのに気が付いた。
おつやは、思案橋を渡るか渡らないかで迷っているのだ。
半兵衛は、おつやが何故に迷っているのか読もうとした。
おつやが思案橋の袂に佇み、小網町二丁目を眺めて四半刻（三十分）が過ぎた。
半兵衛は見守った。
おつやは、思案橋に踏み出した。
思案橋を渡る……。
半兵衛は、おつやの動きを読んだ。
おつやは、漸《ようや》く迷いを棄てて思案橋を渡る気になったのだ。
思案橋の向こう、小網町二丁目には何があるのか……。
半兵衛は、思案橋を渡るおつやを追った。
刹那《せつな》、おつやは欄干《らんかん》の傍《そば》にしゃがみ込んだ。
「どうした……」
半兵衛は、思わずおつやに声を掛けた。

「は、はい……」

おつやは、声を掛けて来た男が町方同心だと気付き、狼狽えた。

「大丈夫か……」

半兵衛は、心配げにおつやを見守った。

「はい。ちょいと眩暈《めまい》がしただけで。御心配をお掛けしまして申し訳ございません」

おつやは立ち上がり、狼狽《ろうばい》を隠して半兵衛に詫びた。

「そうか。ま、大事がなければいいが……」

半兵衛は微笑《ほほえ》んだ。

「はい。お蔭さまで……」

おつやは、強張った笑みを浮かべた。

「良かったら送るが、何処に行くのだ」

「いえ。それには及びません。御造作をお掛けしました。失礼致します」

おつやは、半兵衛に深々と頭を下げて、来た道を戻り始めた。

半兵衛は眉をひそめた。

おつやは、日本橋川沿いの道を西堀留川に架かっている荒布橋に向かった。

日本橋正木町の家に帰る……。

半兵衛の勘は囁《ささや》いた。

おつやは、立ち去って行った。

半兵衛は、思案橋の向こうに続く小網町二丁目と三丁目の町並みを眺めた。

おつやは、小網町の何処かに何らかの用があって思案橋迄来た。そして、思案橋を渡るのを迷い、躊躇《ためら》った。

何故の迷いなのか……。

思案橋の向こうには何があるのだ。

思案橋の向こうに続く町並みは眩《まぶ》しかった。

日本橋川を横切る鎧《よろい》ノ渡《わたし》の渡し船の櫓《ろ》の軋みが響いた。

鎧ノ渡は、小網町二丁目と南茅場町《みなみかやばちよう》を結んでいる渡し船だ。

よし……。

半兵衛は、思案橋を渡った。

三

「出涸《でが》らしですが、どうぞ」

小網町二丁目の老木戸番は、半兵衛に茶を差し出した。

「やあ、すまないね。戴くよ」

半兵衛は茶を飲んだ。

「それで、どうだい。近頃、何か変わった事はないかな」

「はい。静かなものですよ」

「そいつは何よりだ。三丁目の方も静かなものかな」

「はい。取り立てて何も聞いちゃあおりません」

「そうか……」

半兵衛は茶を飲んだ。

小網町二丁目や三丁目には、世間の眼を惹《ひ》く事件や出来事はない。

おつやが思案橋を渡るのに迷ったのは、自分の身に拘わる事でなのだ。

それが何か知る手立ては、おつやに尋ねるしかない。

半兵衛は、茶を飲みながら木戸番屋の前の通りを眺めた。

通りには様々な人々が行き交っている。

浪人……。

半兵衛は、思案橋に向かう人の中に着流しの浪人がいるのに気付いた。

似ている……。

半兵衛の勘が囁いた。

やって来る着流しの浪人の身体付きは、おつやの家の前に現れた着流しの浪人に似ているのだ。

半兵衛は、やって来る着流しの浪人を見詰めた。

着流しの浪人は、老木戸番に目顔で挨拶《あいさつ》をして通り過ぎて行った。

おつやの家の前に現れた着流しの浪人……。

半兵衛は見定めた。

「父っつあん、今通り過ぎて行った着流しの浪人、何処の誰か知っているか……」

「ええ。裏通りの伝助《でんすけ》長屋に住んでいる夏目左内《なつめさない》さんって浪人さんですよ」

「どんな人柄だ」

「そりゃあもう、穏やかで気さくな方ですよ」

老木戸番は、歯の抜けた口元を綻《ほころ》ばせた。

「そうか。夏目左内か……」

おつやは、夏目左内と何らかの拘《かか》わりがあり、逢いに来たのだ。しかし、おつやは迷い、思案橋を渡らずに帰って行った。

半兵衛は、思案橋を渡って行く着流しの浪人夏目左内を追った。


薬研堀の女衒の仁兵衛の家には、相変わらず人の出入りはなかった。

半次と音次郎は、女衒の仁兵衛の人柄を調べた。

女衒の仁兵衛は悪辣《あくらつ》であり、誰に訊いても評判の悪い男だった。

「猪之吉や長助を殺《や》った奴、女衒の仁兵衛も必ず殺りに来ますぜ」

音次郎は睨んだ。

「ああ。間違いないだろう」

半次は頷き、太針を使う人殺しが女衒の仁兵衛の家に現れるのを警戒した。

僅かな刻が過ぎた。

女衒の仁兵衛の家の格子戸《こうしど》が開いた。

半次と音次郎は、素早く物陰に隠れた。

赤ら顔の初老の男が、格子戸から出て来て険《けわ》しい眼で辺りを見廻した。

「親分、あの親父……」

音次郎は眉をひそめた。

「女衒の仁兵衛だな」

半次は、赤ら顔の初老の男を女衒の仁兵衛と見定めた。

仁兵衛は、賑わう両国広小路を嫌って米沢町《よねざわちょう》の通りに向かった。

「追うぞ」

「合点です」

半次と音次郎は、充分に距離を取って仁兵衛を尾行《つけ》た。


仁兵衛は、神田川《かんだがわ》沿いの柳原《やなぎわら》通りに向かっていた。

太針を使う天罰屋は、既に仁兵衛を見張っているのかもしれない。

「音次郎、太針を使う人殺しが仁兵衛を襲うかもしれない。仁兵衛と擦《す》れ違《ちが》う者や追い抜く者に気を付けろ」

半次は、仁兵衛の後ろ姿から眼を離さずに告げた。

「承知……」

音次郎は、緊張に喉を鳴らして頷いた。

柳原通りに出た仁兵衛は、神田八《や》ツ小路《こうじ》に進んだ。

半次と音次郎は、周囲に油断なく眼を配りながら仁兵衛を追った。

思案橋を渡った浪人の夏目左内は、西堀留川に架かっている荒布橋を渡り、日本橋川沿いを進んで室町《むろまち》に抜けた。

半兵衛は追った。

日本橋室町の通りは大勢の人が行き交っていた。

夏目左内は、日本橋室町の通りを神田八ツ小路に向かった。

何処に行くのだ……。

半兵衛は、夏目左内を追った。


神田川の流れは煌めいていた。

日本橋の通りを来た夏目左内は、神田川に架かっている昌平橋《しょうへいばし》を渡った。

半兵衛は、慎重に追った。

夏目左内は、明神下の通りを下谷広小路《したやひろこうじ》に向かった。


下谷広小路は賑わっていた。

夏目左内は、賑わう下谷広小路を進んで仁王門前町《におうもんぜんちょう》に入った。

仁王門前町の裏手には、不忍池《しのばずのいけ》と弁天島《べんてんじま》が眺められた。
不忍池の水面《みなも》は輝き、弁天島には多くの参詣客が渡っていた。
夏目左内は、茶店の縁台《えんだい》に腰掛けて茶を頼んだ。
半兵衛は物陰から見守った。
小網町から下谷広小路に、わざわざ茶を飲みに来ただけではない筈だ。
何かをする筈だ……。
半兵衛は夏目を見守った。
夏目は、縁台に腰掛けて茶を飲んでいた。
寛永寺《かんえいじ》の鐘が、申《さる》の刻七つ（午後四時）を報せた。
夏目は、茶を飲みながら一方に視線を送っていた。
どうした……。
半兵衛は、夏目の視線の先を追った。
夏目の視線の先には、料理屋『笹乃井《ささのい》』があった。
料理屋『笹乃井』……。
夏目は、料理屋『笹乃井』を気にしている。
半兵衛は気付いた。

料理屋『笹乃井』に用があるのか……。

半兵衛は、夏目と料理屋『笹乃井』を見守った。

赤ら顔の初老の男が、下谷広小路からやって来て料理屋『笹乃井』の暖簾を潜った。

夏目は、茶店の奥に何事か声を掛けて料理屋『笹乃井』に向かった。

若い職人が、菅笠《すげがさ》を被りながら茶店から現れ、料理屋『笹乃井』に入って行く夏目を見送った。

半兵衛は見守った。

夏目が声を掛けた茶店の奥にいたのか……。

「旦那……」

半次と音次郎がやって来た。

「おう。どうした」

半兵衛は戸惑った。

「女衒の仁兵衛って野郎を追って来ましてね」

半次は、料理屋『笹乃井』を窺った。

「女衒の仁兵衛……」

「ええ、殺された猪之吉や長助と拘わりがありましてね」

「赤ら顔の初老の男か……」

半兵衛は、料理屋『笹乃井』に入った赤ら顔の初老の男を思い出した。

「はい。で、旦那は……」

「うん……」

半兵衛は茶店を見た。

菅笠を被った若い職人は、既にいなくなっていた。

「よし……」

半兵衛は、半次と音次郎を伴って茶店に向かった。


「お待たせしました」

茶店女は、半兵衛、半次、音次郎に茶を運んだ。

「うむ。今迄、此処に着流しの浪人がいたね」

半兵衛は、茶を受け取りながら茶店女に尋ねた。

「は、はい……」

茶店女は、戸惑いながらも頷いた。

「その着流しの浪人、一人だったかな」

「いえ。一人でお見えになりましたけど、後ろにいた職人さんと何か喋っていました」

茶店女は告げた。

「そいつは、浪人が帰った後、菅笠を被りながら出て行った若い職人かい」

「はい……」

「そうか……」

夏目左内は、茶店で菅笠を被った若い職人と繋《つな》ぎを取ったのだ。

半兵衛は読んだ。

「旦那、着流しの浪人ってのは……」

半次は眉をひそめた。

「うむ。おつやの処に現れた奴でね。夏目左内と云う名だ……」

半兵衛は、半次と音次郎におつやを尾行て夏目左内に出逢った顚末《てんまつ》を話した。

「じゃあ、女衒の仁兵衛、着流しの浪人の夏目左内と逢っているのかもしれませんね」

半次は、料理屋『笹乃井』を見詰めた。

「きっとな……」

半兵衛は頷いた。

「旦那、女衒の仁兵衛と夏目左内、連《つる》んでいるんですか……」

音次郎は身を乗り出した。

「さあて、そいつはどうかな……」

半兵衛は、悪辣な女衒の仁兵衛と穏やかで気さくな人柄の夏目左内が連んでいるとは思えなかった。

「じゃあ、どうして……」

音次郎は戸惑った。

「音次郎、そいつが分かれば苦労はない」

半兵衛は苦笑した。

「それにしても旦那。おつやと夏目左内、どんな拘わりなんですかね」

半次は、厳しさを過《よ》ぎらせた。

「うむ。二人とも相手の家の近く迄は行くが、直に逢ってはいない。そこに何が秘められているのかだな」

半兵衛は読んだ。

「ええ……」

半次は頷いた。

夕暮れが近付き、参詣客たちが帰り始めた。

「旦那、親分……」

音次郎が、料理屋『笹乃井』を示した。

女衒の仁兵衛が、女将《おかみ》に見送られて料理屋『笹乃井』から帰って行った。

「旦那、あっし共は仁兵衛を……」

「うむ。気を付けてな。私は夏目左内を見張るよ」

「はい。じゃあ、御免なすって……」

半次と音次郎は、女衒の仁兵衛を追った。

半兵衛は茶店に残り、料理屋『笹乃井』から夏目左内が出て来るのを待った。

おそらく、夏目は仁兵衛と逢ったのだ。

逢って何をしたのだ……。

半兵衛は、想いを巡らせた。

弁天島を囲む不忍池の水面は、夕陽に輝き始めた。

下谷広小路は夕暮れに染まった。
女衒の仁兵衛は、下谷広小路から御成《おなり》街道に出て神田川沿いの道に向かった。
半次と音次郎は尾行た。

料理屋『笹乃井』は軒行燈《のきあんどん》に火を灯した。
半兵衛は見守った。
夏目左内が、料理屋『笹乃井』から女将に見送られて出て来た。
半兵衛は、夕暮れの下谷広小路を行く夏目を追った。
夏目の足取りは落ち着いている……。
半兵衛は追った。

仁兵衛は、薄暗くなった神田川沿いの道を柳橋《やなぎばし》に向かった。
半次と音次郎は仁兵衛を見張り、周囲にも眼を光らせた。
擦れ違う者……。
追い抜く者……。
半次と音次郎は、仁兵衛の周囲を行く者を警戒した。

お店者、職人、武士……。
様々な者が仁兵衛と擦れ違い、追い抜いて行った。
半次と音次郎は、緊張を強《し》いられ続けた。
和泉橋《いずみばし》から新《あたら》シ橋《ばし》……。
仁兵衛は、神田川の北岸の道を進み、新シ橋に曲がった。
背後を進んでいた菅笠を被った職人が、足取りを早めて仁兵衛に続いた。
天罰屋……。
半次の勘が囁いた。
「音次郎……」
半次は地を蹴った。
音次郎が続いた。
刹那、菅笠を被った職人は、仁兵衛の背後に滑るように迫った。
「危ない」
半次は怒鳴った。
仁兵衛は、咄嗟に身を投げ出した。

菅笠を被った職人は、長い太針を構えて仁兵衛に迫った。

仁兵衛は悲鳴をあげ、新シ橋の上を無様に這い廻って逃げた。

音次郎が、呼子笛《よぶこぶえ》を吹き鳴らした。

半次は、十手を翳《かざ》して菅笠を被った職人に襲い掛かった。

菅笠を被った職人は、素早く躱《かわ》して身を翻《ひるがえ》した。

半次は、菅笠を被った職人を追った。

「待ちやがれ」

菅笠を被った職人は、素早い身のこなしで新シ橋を渡り、柳原通りを横切って豊島町《としまちょう》に駆け込んだ。

半次は追い、豊島町の通りに走り込んだ。

菅笠を被った職人は、既に路地に逃げ込んだのか、通りにはいなかった。

半次は、通りの左右にある路地を検めた。だが、菅笠を被った職人の姿は、何処の路地にもなかった。

逃げられた……。

半次は見定め、弾んだ息を整えた。

神田川の流れに月影は揺れた。

夏目左内は、昌平橋に差し掛かった。

夜空に呼子笛の音が微かに響いた。

夏目は橋の上に立ち止まり、呼子笛の音の聞こえて来る和泉橋の方を眺めた。

呼子笛の音が消えた。

夏目は、静かに振り返って闇を見詰めた。

昌平橋の袂の闇に、半兵衛が現れた。

「やあ……」

半兵衛は微笑んだ。

「私を尾行《つけ》ているのですか……」

「うん……」

「町方同心が私に何か用ですか……」

夏目は、半兵衛に穏やかな眼差しを向けた。

「訊きたい事があってね」

「訊きたい事……」

「日本橋正木町の三味線の師匠のおつやとは、どんな拘わりなのかな」

半兵衛は、夏目を見据えた。

「おつや……」

夏目は、浮かぶ微かな狼狽を素早く隠した。

「うむ……」

半兵衛は、素早く隠された微かな狼狽を見逃さなかった。

「おつやとは幼馴染《おさななじ》みですよ」

夏目は微笑んだ。

「幼馴染み……」

「ええ。で、おつやがどうかしましたか……」

「いや。おつやはどうもしないのだが、おつやの家にいた般若の猪之吉って博奕打ちが天罰屋に殺されてね」

「天罰屋……」

「ああ。悪辣な外道を天罰だと称して殺す奴らだよ」

「悪辣な外道に天罰を与えるなら、誉めてやってもいいじゃありませんか……」

夏目は、刀の柄《つか》を握って僅かに腰を沈めた。

居合《いあ》い抜き……。

「悪辣な外道でも、殺せば人殺しだよ」

半兵衛は、田宮流抜刀術《たみやりゅうばつとうじゅつ》の構えを取った。

夏目は戸惑った。

半兵衛は微笑んだ。

夏目は戸惑いを苦笑に変え、構えを解いた。

「ま、私の知る限り、おつやは天罰屋と拘わりありませんよ。では……」

夏目は、半兵衛に会釈をして立ち去った。

去って行く夏目には、斬り掛かったり、後を尾行たりできる隙はなかった。

半兵衛は苦笑した。

四

南茅場町の大番屋は、日本橋川を背にしてあった。

半次は、女衒の仁兵衛を大番屋に引き立てて仮牢に入れた。

「俺は襲ったんじゃあねえ。襲われたんだ」

仁兵衛は、仮牢に入れられたのに驚き、激しく抗《あらが》った。

「煩《うる》せえ。仁兵衛、手前がどうして命を狙われたのか、冷たい牢で良く思い出すんだな」

半次は、厳しく突き放した。

翌朝、半兵衛は音次郎に小網町二丁目の伝助長屋に行き、夏目左内がいるかどうか確かめるように命じた。

「いいか。夏目は居合い抜きの遣い手だ。いるかいないか確かめるだけで、余計な真似をするんじゃあない。それから、菅笠を被った職人にも気を付けてな……」

半兵衛は云い聞かせた。

「はい……」

音次郎は頷き、小網町に走った。

半兵衛は、半次と大番屋に向かった。

大番屋の詮議場《せんぎば》は冷たく、突棒《つくぼう》、刺股《さすまた》、袖搦《そでがらみ》の三道具、笞《むち》や石抱《いしだ》きの十露盤《そろばん》板《いた》や伊豆石《いずいし》などの責道具が置かれていた。

女衒の仁兵衛は、半次と小者たちによって筵の上に引き据えられた。

座敷の三尺幅板縁には、半兵衛が腰掛けていた。

「やあ、女衒の仁兵衛だね」

半兵衛は笑い掛けた。

「は、はい……」

仁兵衛は、恐ろしげに頷いた。

「昨夜、襲われたそうだね」

「はい。お役人さま、手前は殺されそうになった方でして、牢に入れられるとは……」

仁兵衛は、縋《すが》るように訴えた。

「仁兵衛、殺されそうになったのには、それなりの訳がある筈だ」

「えっ……」

仁兵衛は戸惑った。

「仁兵衛、お前は博奕打ちの猪之吉や長助に続いて襲われたんだよ」

「猪之吉や長助に続いて……」

仁兵衛は眉をひそめた。

「ああ。猪之吉と長助、余りの悪辣さに恨みを買って殺されてね。で、どうやら次はお前のようだ」

半兵衛は、仁兵衛を厳しく見据えた。

「じゃあ、昨夜の野郎は……」

仁兵衛は、嗄れ声を震わせた。

「ああ。猪之吉と長助を殺した天罰屋だ」

「天罰屋……」

「うん。仁兵衛、猪之吉と長助が騙した茶店娘を売り飛ばしたね」

「そ、そんな。手前は年季奉公《ねんきぼうこう》の口利《くちき》きをしただけです」

仁兵衛は、慌てて弁解した。

「惚《とぼ》けるんじゃない。仁兵衛、娘の名前と何処に売り飛ばしたのか正直に云うんだな」

「そ、それは……」

仁兵衛は云い澱《よど》んだ。

「仁兵衛、どうしても惚けるのなら、好きなだけ責めてやるよ」

半兵衛は、石抱きの十露盤板と伊豆石を一瞥した。

「旦那……」

仁兵衛は、恐怖に激しく震えた。

「ま、その挙《あ》げ句《く》、天罰屋要らずになり、こっちが商売の邪魔をしたと恨まれるかもしれないがね」

半兵衛は、責め殺すと仄《ほの》めかして冷たく嗤《わら》った。

「増上寺《ぞうじょうじ》門前の茶店に奉公していたおみねって娘で、谷中《やなか》の岡場所に……」

仁兵衛は吐いた。

「女郎屋の屋号は……」

「満月楼《まんげつろう》です……」

「よし。御苦労だった。じゃあ、牢に戻って大人しくしているんだね」

半兵衛は、小者たちに仁兵衛を牢に戻すように命じた。

小者たちは、仁兵衛を引き立てて行った。

「よし。半次、谷中に急ぎ、町役人《ちょうやくにん》に女衒の仁兵衛と満月楼が御法度《ごはっと》の人の売り買いをしたと告げ、おみねを預かって来るのだ」

半兵衛は命じた。

日本橋小網町二丁目の伝助長屋は、裏通りの片隅にあった。

音次郎は、洗濯物を干していた長屋のおかみさんにそれとなく探りを入れた。
そして、夏目左内が己の家で爪楊枝《つまようじ》作りの内職に励んでいるのを知った。
長閑《のどか》なもんだ……。
音次郎は、夏目左内の様子を暫く見張る事にした。

増上寺は参詣客で賑わっていた。
半兵衛は、女郎屋に売られたおみねが奉公していた茶店を突き止めた。そして、神谷町《かみやちょう》にあるおみねの実家を訪れた。

おみねの実家には、病の母親のおさだと幼い弟妹がいた。
病のおさだと幼い弟妹は、訪れた半兵衛におみねを助けてくれと泣いて縋った。
半兵衛は、おみねを連れ戻しに行っていると告げ、暮らし振りを窺った。
病のおさだには、天罰屋に恨みを晴らして貰う金はない。
半兵衛は見定めた。
となると、誰が天罰屋を雇ったのか……。

半兵衛の疑念は募《つの》った。

「おさだ、おみねがいなくなってから、誰かおみねの事で訪ねて来なかったかな」

「おみねの事で……」

「うん。いないかな」

「それなら、おみねの知り合いだと、おつやさんって人が来た事があります」

「おつや……」

半兵衛は、正木町のおつやがおみねの実家を訪れていたのを知った。

「はい……」

おさだは頷いた。

おつやは、おみねの実家を訪れて二両の見舞金を置いて帰っていた。そして、浪人の夏目左内に恨みを晴らすように頼んだのかもしれない。もしそうだとしたなら、猪之吉、長助、仁兵衛を殺す為に天罰屋を雇った依頼人は、おつやだと云う事になる。

半兵衛は読んだ。

しかし、博奕打ちの猪之吉は、おつやの情夫《おとこ》とされているのだ。

おつやは、自分の情夫とされている猪之吉殺しを天罰屋に頼んだのか……。
半兵衛は、想いを巡らせた。
何《いず》れにしろおつやだ……。
半兵衛は、日本橋正木町にあるおつやの家に向かった。

楓川を行く屋根船は、櫓の軋みを長閑に響かせていた。
半兵衛は、楓川沿いの道を正木町に急いだ。
正木町のおつやの家の前では、女が掃除をしていた。
おつやだった。
半兵衛は、掃除をするおつやの様子を窺った。
おつやは、道に転がっている石ころを堀端に集め、草を取り、丁寧な掃除をしていた。
半兵衛は見守った。
おつやは、半兵衛の視線に気が付いて振り返った。
「やあ……」
半兵衛は笑い掛けた。

「旦那……」

おつやは、思案橋で逢った半兵衛を覚えていた。

「三味線の師匠のおつやだね」

「はい……」

おつやは、警戒するように頷いた。

「私は北町奉行所の白縫半兵衛……」

「白縫半兵衛の旦那……」

「うん。ちょいと訊きたい事があってね」

「何ですか……」

おつやは、半兵衛に探る眼差しを向けた。

「増上寺門前の茶店に奉公していたおみねを知っているね」

「は、はい……」

おつやは頷いた。

「どうして知ったのかな……」

「死んだ猪之吉から……」

おつやは、半兵衛を見返した。

「聞いたのか……」

「はい。猪之吉、酒に酔って自慢げに……」

おつやは、おみねを長助と一緒に騙し、仁兵衛を通じて女郎屋に売った事を猪之吉から聞いたのだ。

「それで、猪之吉と長助、女衒の仁兵衛の悪辣さが身に沁み、浪人の夏目左内に殺してくれと頼んだか……」

半兵衛は、おつやの気持ちを読んだ。

「白縫の旦那……」

おつやは、微かに狼狽えた。

「夏目左内とは幼馴染みだそうだね」

半兵衛は畳み掛けた。

「そんな事、誰が……」

「夏目だよ」

半兵衛は、おつやを見据えた。

「そうですか。白縫の旦那の睨み通り、私が夏目さんをお金で雇い、猪之吉や長助、仁兵衛を殺してくれと頼んだんですよ」

おつやは覚悟を決めた。

「間違いあるまいな……」

「ええ。そりゃあもう。黒幕は私、夏目さんは詳しい事を知らず、お金で雇われただけで、悪いのは私なんですよ」

おつやは、夏目左内を庇《かば》うように笑った。

「じゃあ、菅笠を被った職人は誰だ」

「さあ。私は夏目さんに頼んだだけ。菅笠を被った職人なんて知りませんよ」

「そうか。処《ところ》でおつや、猪之吉は本当にお前の情夫だったのかい……」

半兵衛は、おつやについて唯一分からなかった事を尋ねた。

「ええ。昔はね。でも、本性に気が付いた時は手遅れでしてね。別れると云ったら殴る蹴る。それも着物に隠れて見えない身体だけをね。汚くて狡《ずる》い奴ですよ」

おつやは、楓川の岸辺にしゃがみ込んで流れを眺めた。

白い花が一輪、流れに揺れて来た。

おつやは見詰めた。

白い花は、揺れながら流れ去った。

おつやの眼に涙が溢《あふ》れた。

哀しさが漂った。

「おつや、猪之吉を殺したい程、恨んでいたのか……」

「そりゃあもう……」

おつやは哀しげに頷いた。

「そうか……」

「さあ、旦那、何処にでもお供しますよ」

おつやは、溢れた涙を拭って微笑んだ。

覚悟を決めた凄絶《せいぜつ》な微笑みだった。

半兵衛は、おつやが罪の一切を一人で背負おうとしているのに気付いた。

おつやは微笑み、半兵衛に両手を揃えて差し出した。

「それには及ばないさ」

半兵衛は笑った。


月番の北町奉行所には、多くの人が忙しく出入りしていた。

半兵衛は、おつやを仮牢に入れ、吟味方与力《ぎんみかたよりき》大久保忠左衛門《おおくぼちゅうざえもん》の用部屋を訪れた。

「なに、博奕打ちが娘を誑《たぶら》かし、女衒と連んで女郎屋に売り飛ばしただと……」

忠左衛門は、細い首の筋を伸ばして嚙《か》み付くように聞き返した。

「はい……」

半兵衛は頷いた。

「おのれ、人の売り買いは天下の御法度。許せぬ女衒と女郎屋だ」

忠左衛門は、怒りを露わにした。

「はい。それで、売った女衒を大番屋に入れ、買った女郎屋から娘を連れて来るよう、半次に命じてあります」

「うむ。半兵衛、女郎屋が娘を渡さぬと抜かしおったら容赦は無用だ。何だったら儂《わし》が出張《でば》るぞ」

忠左衛門は、首筋を震わせて吼《ほ》えた。

「おそらく、それには及ばぬかと思いますが、半次が娘を連れて来たら宜しくお願いします」

「引き受けた。任せておけ」

忠左衛門は、薄い胸を叩いた。

「ならば、これにて……」

半兵衛は、素早く一礼して忠左衛門の用部屋を後にした。


半兵衛は同心詰所に戻った。

「旦那……」

詰所には、半次が若い女を連れて来ていた。

「おお、半次。その娘がおみねかい……」

半兵衛は、半次が連れて来ている若い女を示した。

「はい。おみね、白縫の旦那だよ」

半次は、おみねを半兵衛に引き合わせた。

おみねは、怯えを滲ませて会釈をした。

「満月楼の主、年季奉公だと云い張りましたが、無理矢理連れて来ましたぜ」

半次は、満月楼の主と険しい遣り取りをしたらしく、微かに昂ぶりを残していた。

「そうか。御苦労だったね。後の始末は大久保さまが引き受けてくれたよ」

「そいつは良かった」

半次は、微かな昂ぶりを安堵《あんど》に変えた。

「うむ。いいかい、おみね。これから、吟味方与力の大久保忠左衛門さまに引き合わせる。見た目は頑固親父で怖いが、決して悪い人じゃない。訊かれた事には、何でも正直に話すんだ。そうすれば、お前はおっ母さんたちの待っている家に帰る事が出来る」

半兵衛は、穏やかに云い聞かせた。

「は、はい……」

おみねは、その顔に喜びを浮かべた。

「よし……」

半兵衛は微笑んだ。

思案橋は、東堀留川が日本橋川に繋がる処に架かっている。

半兵衛は、おみねを忠左衛門に預け、半次と共に小網町二丁目の伝助長屋に急いだ。そして、思案橋を渡る時、渡るかどうか迷っていたおつやを思い出した。

何故、おつやは渡らなかったのだ……。

半兵衛は気になった。

「旦那……」

半次は、半兵衛に一方を示した。

音次郎が物陰にいた。


浪人の夏目左内は、伝助長屋の家で爪楊枝作りに励んでいる。

半兵衛と半次は、音次郎の報告を受けた。

「で、音次郎。夏目左内の周りに菅笠を被った職人らしい奴はいるのか……」

半次は訊いた。

「いいえ。らしい野郎はいません」

「そうか……」

「ま、そいつは夏目に訊くしかないだろう」

半兵衛は、伝助長屋を眺めた。

「旦那……」

半次は眉をひそめた。

「うん。おつやを仮牢に入れた今、躊躇う事もあるまい」

半兵衛は、小さな笑みを浮かべた。

伝助長屋の井戸端では、子供たちが賑やかに遊んでいた。

半兵衛は、奥の家の腰高障子《こしだかしょうじ》を叩いた。

「開いているよ」

夏目の声がした。

「邪魔をする」

半兵衛は、腰高障子を開けて狭い土間に入った。

夏目左内は、小刀で楊枝を削る手を止めて半兵衛を見上げた。

「やあ……」

半兵衛は笑い掛けた。

「おぬし……」

夏目は戸惑った。

「私は北町奉行所臨時廻り同心の白縫半兵衛。夏目さん、おつやをお縄にしたよ」

「なに……」

夏目は眉をひそめた。

「それで、訊きたい事があってね」

子供たちの楽しげな笑い声があがった。

「ならば、外で聞こう……」

夏目は、爪楊枝を作る椎《しい》の木の作業台の前から立ち上がった。

前掛から削り屑《くず》が散った。


思案橋を行き交う人は少なかった。

夏目左内は、思案橋の袂に佇んだ。

半兵衛は続いた。

半次と音次郎は、離れた処から半兵衛と夏目を見守った。

「おつや、お縄になりましたか……」

日本橋川から吹き抜ける風が、夏目の鬢《びん》の解れ髪を揺らした。

「ええ。猪之吉や長助を憎み、天罰屋を金で雇って殺させた。悪いのは私だと、罪のすべてを背負ってね」

「すべてを背負う……」

夏目は、厳しさを過ぎらせた。

「うむ……」

「白縫さん、そいつは違いますよ」

夏目は淋しげに笑った。

「違う……」

半兵衛は戸惑った。

「ええ。猪之吉に長助、それに仁兵衛の外道振りが眼に余ったので、私が天罰屋をやっていた時の仲間に殺《や》らせた。別におつやに金で雇われたからではない」

「ほう。ならば、おぬしの一存で猪之吉と長助を殺し、仁兵衛の命も狙ったか……」

「左様、悪辣な外道に天罰を与える天罰屋として、何年か振りに働いた迄。すべての責めは、おつやにではなく私にある」

夏目は、日本橋川の流れの煌めきを眩しげに眺めた。

おつやと夏目左内は、互いに庇い合っているのだ。

半兵衛は、そこに幼馴染み以上の拘わりを感じた。

何かが秘められている……。

半兵衛は、日本橋川を眺めている夏目を窺った。

「それ故、お縄にするのは、おつやではなくて天罰屋の私ですよ」

夏目は笑った。

「夏目さん、おつやは思案橋を渡るのを迷いましてね」

「なに……」

「思案橋を渡り、おぬしの住む伝助長屋のある小網町二丁目に入るのを迷い、迷った挙げ句に諦《あきら》めた」

半兵衛は、迷い悩んだ挙げ句に立ち去ったおつやを思い出した。

「まことですか……」

夏目は、微かな混乱を窺わせた。

「ええ。おつやが迷い、おぬしに逢うのを諦めた理由は只《ただ》一つ。おぬしに逢いに来てはならぬと禁じられていたから、そうだね」

半兵衛は微笑んだ。

「おつやは、その昔、私の家に奉公していた者の娘でしてね。旗本だった私の父が公金横領の罪で切腹を命じられて家が潰れた時に別れ、五年前に再会しましてね。私は天罰屋などと気取った処で、所詮《しよせん》は金で人殺しをする外道。おつやは、芸者あがりの囲われ者。二人して落ちる処まで落ちたものだと、思わず笑い合いましたよ」

夏目は苦笑した。

半兵衛は、夏目とおつやが世間の泥水を啜《すす》って生きて来たのを知った。

「しかし、おぬしは天罰屋を辞めた」

半兵衛は、夏目を見据えた。

「どんな理屈を付けても人殺しは人殺し。おつやが辞めた方が良いと云いましてね」

「で、辞めましたか……」

「ええ。そして、おつやを囲っていた旦那が亡くなり、猪之吉が家に入り込んだ。おつやが何故、猪之吉が家に入るのを許したのか分からぬが、私は頷けなかった。私が睨んだ通り、猪之吉は外道だった」

「それで、おつやの為に殺したか……」

「世の為人の為と云いたいが、そうかもしれぬ。それ故、私に近付くのを禁じたのだ」

夏目は、厳しさを滲ませた。

「夏目さん、おぬしとおつや、互いに惚れ合っているんですな」

「やはり、そうかな……」

夏目は、己を嘲笑《あざわら》った。

「ええ……」

半兵衛は頷いた。

「だとしたら、お互いに気付くのが遅かったようだ」

「いや。遅かったのは夏目さん、おそらくおぬしだけだよ」

半兵衛は笑った。

「まさか……」

夏目は眉をひそめた。

「おつやは、子供の時からおぬしに惚れていたのかもしれぬ……」

半兵衛は、おつやの気持ちを読んだ。

「子供の時から……」

夏目は、戸惑いを浮かべた。

「きっと……」

半兵衛は頷いた。

「そうか。子供の時からか……」

夏目は、哀しげに顔を歪《ゆが》めた。

「そして、今もね。それ故、何もかも一人で背負う覚悟でいる」

「余計な真似を。もし、そうだとしたなら哀しい女です」

夏目は、おつやを哀れんだ。

「左様、哀しい女ですな」

半兵衛は頷いた。

刹那、夏目は半兵衛に抜き打ちの一刀を鋭く放った。

半兵衛は、咄嗟に腰の刀を一閃した。

閃光が交錯した。

半兵衛と夏目は、残心《ざんしん》の構えを取って微動だにしなかった。

半次と音次郎は凍《い》て付《つ》いた。

僅かな刻が過ぎた。

夏目は、残心の構えのまま倒れた。

半兵衛の鬢の毛が風に舞い散った。

「し、白縫さん……」

「夏目さん、おぬし……」

半兵衛は、夏目が死ぬ覚悟で半兵衛に斬り付けたのに気付いた。

「白縫さん、此度《こたび》の一件、おつやは何の拘わりもない。猪之吉や長助を殺し、女衒の仁兵衛を料理屋に呼び出して帰り道に襲ったのも天罰屋の私一人の仕業です」

夏目は、斬られた脇腹を血で染めて苦しく歪む顔を半兵衛に向けた。

「おぬし一人の仕業……」

半兵衛は、死相の浮かび始めた夏目の顔を見据えた。

「左様、おつやも丈吉《じょうきち》も拘わりない、私一人の仕業。白縫さん、どうかそれで……」

夏目は、苦しげな微笑みを浮かべて息絶えた。

「夏目さん……」

半兵衛は、夏目の遺体に手を合わせた。

「旦那……」

半次と音次郎が、夏目の遺体に手を合わせる半兵衛の許に駆け寄った。

半兵衛は、手を合わせながら決めた。

思案橋は夕陽に染まり、日本橋川は音もなく流れ続けていた。

半兵衛は、猪之吉と長助を殺し、仁兵衛を襲ったのは、天罰屋と名乗る浪人の夏目左内だとした。

夏目が最期に云った丈吉とは、おそらく太針を使う菅笠を被った職人の名前なのだ。だが、今となってはそれを見定める手立てもなければ、必要もない。

おつやは、夏目左内が罪のすべてを背負い、覚悟の死を遂げたのを知り、泣き崩れた。

半兵衛は、おつやを放免した。

「旦那……」

おつやは驚いた。

「こいつが、夏目左内の最期の願いでね」

「左内さんの……」

おつやは言葉を失った。

「うむ。おつや、夏目さんの菩提《ぼだい》を弔ってやるんだね」

半兵衛は微笑んだ。

世の中には、私たちが知らぬ顔をした方が良い事もある……。

半兵衛は、おつやが思案橋を渡るのを願った。

第二話　幻の女

一

日髪日剃《ひがみひぞり》は手際良く進められた。

北町奉行所臨時廻り同心の白縫半兵衛《しらぬいはんべえ》は眼を瞑《つぶ》り、廻《まわ》り髪結《かみゆい》の房吉《ふさきち》の髷《まげ》を結う感触を楽しんでいた。

「旦那、神田須田町《かんだすだちょう》にある泉山堂《せんざんどう》って茶道具屋をご存知ですかい……」

房吉は、半兵衛の髷を結う手を休めずに尋ねた。

「いや、直《じか》には知らぬが。確か大名旗本家にも出入りしてると云う格式の高い茶道具屋だと聞いているよ」

「はい……」

「その泉山堂がどうかしたのか……」

「噂《うわさ》じゃあ、騙《かた》りに遭《あ》って大金を騙《だま》し取られたようですよ」

「そいつは気の毒に。で、いつの話だい」

「七日ぐらい前の話です」

「七日ぐらい前……」

半兵衛は眉をひそめた。

「ええ。どうかしましたか……」

「いや、七日前ならとっくに月番の北町奉行所に訴えが出されていても良いのだが……」

訴えが出されれば、半兵衛の耳に届いてもおかしくない。だが、半兵衛は、茶道具屋『泉山堂』が騙りにあったと云う話は聞いてはいなかった。

「聞きませんか……」

「うむ……」

半兵衛は頷《うなず》いた。

「おはようございます」

岡っ引の本湊《ほんみなと》の半次《はんじ》が、下っ引の音次郎《おとじろう》と共に庭先にやって来た。

半兵衛は、房吉、半次、音次郎と朝飯を食べた。そして、房吉と別れ、半次や音次郎と呉服橋《ごふくばし》御門内にある北町奉行所に向かった。

「へえ。茶道具屋の泉山堂が騙りに遭ったんですか……」

半次は眉をひそめた。

「うむ。聞いていないか……」

「はい。音次郎、お前はどうだ」

「あっしも聞いていません」

「そうか……」

半兵衛は頷いた。

岡っ引の半次や音次郎が知らず、北町奉行所にも届けられていないとなると、どう云う事になるのだ。

それは、騙りに遭った事が只《ただ》の噂に過ぎないからなのか、それとも茶道具屋『泉山堂』が内密にしているからかもしれない。

もし、内密にしているのなら、どうしてなのか……。

半兵衛は、少なからず興味を抱いた。

北町奉行所は様々な者が出入りしていた。

半兵衛は、半次と音次郎を腰掛に待たせて同心詰所に入った。

同心詰所は、定町廻り同心たちが既に見廻りに出掛けており、当番同心がいるだけだった。

半兵衛は、当番同心に茶道具屋『泉山堂』から訴えが出されていないか訊いた。

「茶道具屋泉山堂の訴えですか……」

「うん。此処《ここ》七日の間に、騙りにあって大金を取られたって訴えだが、出されてないかな」

「此処七日の間にですか、出されていなかったと思いますよ」

当番同心は、出されている訴状の一覧に眼を通しながら告げた。

「そうか。じゃあ、騙りに限らず、泉山堂から出されている訴えってのもないかな」

半兵衛は、念には念を入れた。

風が吹き抜け、外濠に小波《さざなみ》が走った。

半兵衛は、半次や音次郎と呉服橋御門を渡り、外濠の堀端を一石橋《いちこくばし》に向かった。

「じゃあ、泉山堂は騙りに遭ったと、お上に訴え出ていないのですか……」

半次は眉をひそめた。

「うん……」

「でしたら、房吉さんが聞いたのは、やっぱり根も葉もない噂って事ですかね」

音次郎は首を捻《ひね》った。

「そうかもしれないね……」

「旦那、房吉の兄貴が只の噂をわざわざ旦那に云いますかね」

半次は、房吉が噂は本当だと睨《にら》んで半兵衛に告げたと読んでいた。

「よし。茶道具屋の泉山堂、ちょいと覗《のぞ》いてみるか……」

半兵衛は、神田須田町にある茶道具屋『泉山堂』に行ってみる事にした。

神田須田町は八《や》ツ小路《こうじ》の傍にある。

半兵衛は、半次や音次郎と茶道具屋『泉山堂』を眺めた。

茶道具屋『泉山堂』は、大名旗本家御用達《ごようたし》の金看板を何枚も掲げた老舗《しにせ》だった。

「これと云って、変わった様子はありませんね」

半次は、茶道具屋『泉山堂』を見廻した。

茶道具屋『泉山堂』には、茶の宗匠《そうしょう》や好事家《こうずか》らしき者が出入りしていた。

「うむ。半次、音次郎、ちょいと聞き込みを掛けてくれ。私は自身番《じしんばん》に行く」

「承知しました。じゃあ……」

半次と音次郎は、茶道具屋『泉山堂』に関する聞き込みに走った。

半兵衛は見送り、神田須田町の自身番に向かった。


神田須田町の自身番の店番は、湯気の漂う茶を半兵衛に差し出した。

「どうぞ……」

「やあ、造作を掛けるね。して、泉山堂だが、旦那の義兵衛《ぎへえ》とお内儀のおせん、他に若旦那の義助《ぎすけ》と娘のおみなの四人家族なんだね」

半兵衛は念を押した。

「はい……」

「で、奉公人は……」

「旦那と仕入れや御用達廻りをしている古くからの大番頭さんと、店を預かっている番頭さん、手代が三人と小僧が二人。それに女中と下男、台所の者たちですか……」

店番は、町内にある店の名簿の綴《つづ》りを見ながら答えた。

まあ、そんな処《ところ》か……。

半兵衛は、茶道具屋『泉山堂』の店構えと格式を思い浮かべた。

「して、泉山堂に近頃、妙な噂はないかな」

「妙な噂ですか……」

店番は戸惑った。

「うん……」

「さあ、別に此《これ》と云って聞きませんが……」

店番は首を捻った。

「そうか……」

茶道具屋『泉山堂』主《あるじ》の義兵衛は、家族や奉公人たちに固く口止めをしているのかもしれない。

「白縫さま、妙な噂は聞きませんが、お目出度《めでた》い噂なら聞いていますよ」

店番は微笑《ほほえ》んだ。

「目出度い噂……」

「はい。若旦那の義助さんの祝言《しゅうげん》が決まったとか……」

「ほう。そいつは目出度い噂だね」

茶道具屋『泉山堂』には、騙りに遭ったと云うものではなく、若旦那の義助が嫁を貰う噂があったのだ。

「はい。義助さんは大店の若旦那には珍しく、真面目な働き者ですし、本当でしたらお目出度い噂ですよ」

店番は笑顔で頷いた。

「うむ。そうだねえ……」

半兵衛は、茶道具屋『泉山堂』の目出度い噂に微《かす》かな戸惑いを覚えた。

茶道具屋『泉山堂』は、暖簾《のれん》を微風に揺らしていた。

半兵衛が戻った時、半次と音次郎は聞き込みを終えていた。

「おう。どうだった」

「そいつが、周囲の家の者や出入りの商人にそれとなく訊いたんですが、泉山堂に此と云った変わった噂はないんですねえ」

半次は、納得出来ない面持《おもも》ちで告げた。

音次郎が隣りで頷いた。

「そうか。私も目出度い噂は聞いたが、妙な噂は聞かなかったよ」

「目出度い噂ですか……」

半次は戸惑った。

「うん。泉山堂の若旦那の義助が嫁を貰うと云う噂があるそうだ。そいつも聞かなかったかい……」

「はい……」

半次は、厳しい面持ちで頷いた。

「目出度い噂も口止めしているんですかね」

音次郎は、呆れたように首を捻った。

「旦那。その若旦那の義助さんの目出度い噂、騙りに遭ったって噂と何か拘《かか》わりが……」

「うん。未だ良く分からないが、あるかもしれないねえ……」

半兵衛は眉をひそめた。

「旦那、親分……」

音次郎が、茶道具屋『泉山堂』の横手の路地を示した。
遊び人と二人の浪人が路地から現れた。
半兵衛、半次、音次郎は、素早く物陰に潜んで見守った。
路地は、茶道具屋『泉山堂』の家族の出入口と裏手に続いている。
遊び人と二人の浪人は、辺りを険《けわ》しい眼差しで見廻して八ツ小路に向かった。
「行くよ」
半兵衛は、遊び人と二人の浪人を追った。
半次と音次郎が続いた。

神田八ツ小路には、多くの人が行き交っていた。
遊び人と二人の浪人は、八ツ小路から神田川《かんだがわ》に架かる昌平橋《しょうへいばし》に向かった。
半兵衛、半次、音次郎は、後先を入れ替わりながら慎重に尾行《つけ》た。
遊び人と二人の浪人は、どう見ても格式の高い老舗茶道具屋の客とは思えない。
ならば、どのような用があって泉山堂を訪れたのか……。
半兵衛は、想いを巡らせた。

遊び人と二人の浪人は、神田川に架かる昌平橋を渡って神田明神門前町に向かった。

半兵衛、半次、音次郎は追った。


神田明神門前の盛り場は遅い朝を迎え、連なる飲み屋は掃除や仕込みを始めていた。

遊び人と二人の浪人は、掃除をしている飲み屋を窺《うかが》いながら進んだ。

遊び人が、二人の浪人に掃除の途中の小料理屋を指差して何事かを告げた。

二人の浪人は頷き、掃除の途中の小料理屋に入った。

半兵衛、半次、音次郎は見届けた。

「馴染《なじみ》の店なんですかね」

音次郎は眉をひそめた。

「いや。探しながら来た処を見ると、馴染の店じゃあない」

半次は教えた。

「ああ、そうか……」

音次郎は、感心したように頷いた。

「じゃあ、遊び人と浪人共は小料理屋に何用あって来たのかだな」

半兵衛は、音次郎に笑い掛けた。

「はい。酒を飲むには開店前だし、店の者に用でもあるんですかね」

音次郎は読んだ。

小料理屋から、中年の板前が殴られた勢いで転がり出て来た。

半兵衛、半次、音次郎は、咄嗟《とっさ》に物陰に隠れた。

小料理屋から二人の浪人と遊び人が現れ、倒れ込んでいる中年の板前を引《ひ》き摺《ず》りあげた。

「萬吉《まんきち》は何処《どこ》にいる……」

髭面《ひげづら》の浪人が、中年の板前を殴った。

「し、知らねえ……」

中年の板前は、髭面の浪人を悔しげに睨み付けた。

「惚《とぼ》けるな。萬吉がお前の店の馴染だってのは分かっているんだ」

「馴染でも、何処にいるかなんて知らねえ」

中年の板前は、血の混じった唾を吐いた。

「どうしても、死にたいのか……」

瘦《や》せた浪人が、中年の板前に嘲笑を浴びせて刀の鯉口《こいぐち》を切った。

中年の板前は、恐怖に震え上がった。

「女だ。きっと女の処かもしれねえ」

「萬吉の女か……」

「ああ……」

「何処の何て女だ……」

「鳥越明神《とりごえみようじん》裏のおそめって女だ」

中年の板前は吐いた。

「鳥越明神裏のおそめだと……」

「ああ……」

「嘘偽りはないな」

「ない……」

中年の板前は項垂《うなだ》れた。

「馬鹿野郎が……」

髭面の浪人は、中年の板前を蹴飛ばした。

中年の板前は、板壁に激しく叩き付けられて気を失った。

「勝崎《かつざき》、鳥越明神だ。行くぞ、松五郎《まつごろう》……」

痩せた浪人は、勝崎と呼んだ髭面の浪人に告げ、遊び人の松五郎と明神下の通りに向かった。

「待ってくれ、上杉《うえすぎ》……」

勝崎は続いた。

半兵衛、半次、音次郎は物陰を出た。

「半次、板前から萬吉が何者か訊き出してくれ。私は浪人共を追う」

「承知。音次郎、旦那のお供をしな」

「合点です」

半兵衛と音次郎は、痩せた浪人の上杉、勝崎、松五郎を追った。

半次は、気を失っている板前に駆け寄った。

連なる飲み屋の者たちが、店から恐ろしげに顔を出した。

「おい。しっかりしな……」

半次は、気を失っている中年の板前を揺り動かした。

明神下の通り、御成《おなり》街道、練塀小路《ねりべいこうじ》、御徒町《おかちまち》を横切って東に進むと三味線堀《しやみせんぼり》に出る。そして、三味線堀から鳥越川《とりごえかわ》沿いに尚も東に行くと元鳥越町《もととりごえちょう》に出る。

鳥越明神は、元鳥越町の外れにあった。

遊び人の松五郎と勝崎、上杉の二人の浪人は、鳥越明神裏のおそめと云う女を捜した。

遊び人の松五郎は、木戸番に金を握らせておそめと云う女の素性《すじょう》と家が何処か尋ねた。

おそめは酌婦であり、鳥越明神裏の古い長屋に住んでいた。

松五郎は、浪人の上杉や勝崎と鳥越明神裏の古い長屋に行った。

半兵衛と音次郎は、松五郎、上杉、勝崎たちを見張った。

松五郎、上杉、勝崎は、古い長屋の木戸から出て来た。

半兵衛と音次郎は見守った。

「どうします」

松五郎は、上杉と勝崎に尋ねた。

「出掛けているなら、帰るのを待つしかあるまい」

上杉は、古い長屋の奥の家を振り返った。

「だが、萬吉がいるとは思えぬな」

勝崎は苛立《いらだ》った。

「ならば、どうするのだ」

上杉は、薄笑いを浮かべた。

「上杉、お前は松五郎とおそめが帰るのを待て、俺はもう一度、萬吉の家に行ってみる」

「分かった。好きにするのだな」

上杉は頷いた。

勝崎は、蔵前《くらまえ》の通りに向かった。

「じゃあな……」

「旦那、追いますか……」

音次郎は、半兵衛の指示を仰いだ。

「いや。勝崎は私が追う。お前は上杉と松五郎を見張りながら半次が来るのを待て……」

「は、はい……」

「いいな。呉々《くれぐれ》も先走っちゃあならない。見張るだけだぞ」

半兵衛は、厳しく云い聞かせた。

「はい……」

音次郎は、緊張した面持ちで頷いた。

半兵衛は、勝崎を追った。


蔵前の通りは、神田川に架かる浅草《あさくさ》御門から浅草広小路に続いている道だ。

勝崎は、浅草に向かって足早に進んだ。

半兵衛は、巻羽織《まきばおり》を脱いで追った。


上杉と松五郎は、古い長屋の木戸の陰に潜んでおそめの帰るのを待った。

音次郎は、緊張しながら見張り続けた。

「音次郎……」

半次が、神田明神門前の小料理屋から追って来た。

「親分……」

音次郎は、微かな安堵《あんど》を過《よ》ぎらせた。

「旦那は……」

「勝崎が萬吉の家に行きましてね。後を追いました」

「そうか……」

「で、萬吉ってのは……」

「骨董屋《こっとうや》だそうだ」

「骨董屋……」

「ああ。痛め付けられた小料理屋の板前の話じゃあ、奴らは骨董屋の萬吉を捜している」

半次は、木戸の陰にいる上杉と松五郎を一瞥《いちべつ》した。

「じゃあ、もしかしたら骨董屋の萬吉、泉山堂が騙りに遭った噂と拘わりが……」

音次郎は眉をひそめた。

「ああ、ありそうだ……」

半次は頷いた。

大川《おおかわ》には様々な船が行き交っていた。

髭面の浪人の勝崎は、蔵前の通りから駒形堂《こまがたどう》前の駒形町に入り、裏通りに進んだ。

半兵衛は追った。

勝崎は、雨戸を閉めた小体《こてい》な店の様子を窺っていた。

萬吉の家……。

半兵衛は睨んだ。

勝崎は、閉められている雨戸を叩き、家の中からの反応を待った。だが、反応は何もなかった。

勝崎は、萬吉の家の横手の路地に入って行った。

半兵衛は、萬吉の家に近寄った。

萬吉の家には、『骨董屋、狸穴堂《まみあなどう》』の看板が掲げられていた。

萬吉は骨董屋……。

半兵衛は、萬吉の稼業を読み、勝崎の入った路地に踏み込んだ。

狭い路地は、『狸穴堂』の勝手口に続いていた。

勝手口の板戸は開いており、台所に勝崎の姿は見えなかった。

勝崎は家の奥に入った……。

半兵衛は、萬吉の家の中の様子を窺った。

二

萬吉の家の台所は薄暗く、使われている様子は余り窺えなかった。

勝崎は、萬吉のいない家で何をしているのか……。

半兵衛は勝手口から踏み込み、薄暗い台所から廊下に出た。

勝崎は、廊下を挟んだ居間にいた。

半兵衛は、障子越しに勝崎の様子を窺った。

勝崎は居間の家探しをし、骨董品に金目の物がないか漁《あさ》っていた。

半兵衛は苦笑した。

「何をしているんだい、勝崎……」

半兵衛は、障子を開けて勝崎に声を掛けた。

「な、何だ、お前は……」

勝崎は驚き、喉《のど》を引《ひ》き攣《つ》らせた。

「こそ泥に、お前呼ばわりされる筋合いはないよ」

半兵衛は苦笑した。

「だ、黙れ……」

勝崎は魂胆《こんたん》を見抜かれたのに狼狽《うろた》え、慌てて上段から半兵衛に斬り掛かった。

振り下ろされた刀は、居間と廊下の間の鴨居《かもい》に深々と食い込んだ。

勝崎は、激しく混乱しながら刀を鴨居から外そうとした。だが、刀は鴨居から外れる事はなかった。

屋内での斬り合いで上段は禁物……。

半兵衛は、勝崎が屋内での斬り合いの心得《こころえ》がないのを嗤《わら》った。

勝崎は狼狽え、焦った。

半兵衛は、勝崎の横面を十手で殴り付けた。

勝崎は、短い悲鳴をあげ、両手で顔を覆《おお》ってしゃがみ込んだ。

半兵衛は、しゃがみ込んだ勝崎を蹴り飛ばした。

勝崎は、居間の隅に転がった。

半兵衛は、勝崎に馬乗りになって腕を捻《ねじ》り上げた。

勝崎は、激痛に呻《うめ》いた。

「何故、萬吉を追う……」

半兵衛は尋問を始めた。

「た、頼まれたからだ……」

勝崎は苦しげに告げた。

「茶道具屋の泉山堂の義兵衛にか……」

半兵衛は読んだ。

「そ、そうだ……」

「泉山堂の義兵衛、どうして萬吉を追うのだ」

「義兵衛、萬吉の口利きで逢った御大尽《おだいじん》に名のある茶道具の贋物《にせもの》を摑《つか》まされ、大金を騙し取られたからだ」

勝崎は、激痛の苦しみから逃れたい一心で吐いた。

所詮《しよせん》、金で雇われたろくでなし……。

半兵衛は苦笑した。

いずれにしろ、茶道具屋『泉山堂』は、房吉が聞いて来た噂通りに騙りに遭い、大金を騙し取られていたのだ。

「で、萬吉を捕まえて、騙り者の御大尽が何処の誰か突き止めようとしているのか……」

「ああ……」

勝崎は頷いた。

茶道具屋『泉山堂』義兵衛は、騙りに遭った事を町奉行所に訴えず、己の手で始末しようとしている。

半兵衛は睨み、捻り上げていた勝崎の腕を放した。

刹那《せつな》、勝崎は半兵衛に飛び掛かった。

半兵衛は、勝崎の首の根元に十手を鋭く打ち込んだ。

勝崎は、眼を剝《む》いて悶絶《もんぜつ》した。

半兵衛は、台所の隅にあった縄で気絶している勝崎を縛りあげた。そして、薄暗い店を見廻した。

店には大きな狸の焼き物が置かれ、様々な骨董品が並べられている。

半兵衛は、並べられている骨董品を検《あらた》めた。

値打ちのありそうな物は何一つなく、がらくたばかりだ……。

半兵衛は、萬吉が大した骨董屋ではないのを知った。

茶道具屋『泉山堂』義兵衛は、そんな萬吉の口利きで逢った御大尽を信用した。

何故だ……。

半兵衛は想いを巡らせた。

余程、持ち込まれた茶道具が名のある逸品だったからなのか……。

だが、そのような逸品は既に誰かの持ち物になっており、巷《ちまた》にある筈もない。

万一あったとしても、萬吉程度の骨董屋の扱える物ではない。

半兵衛は疑念を募《つの》らせた。

何《いず》れにしろ萬吉だ……。

半兵衛は、気を失っている勝崎を残し、骨董屋『狸穴堂』を後にした。そして、手紙を書き、木戸番に岡っ引の柳橋《やなぎばし》の弥平次《やへいじ》に届けるように頼んだ。


元鳥越町の古い長屋は、おかみさんたちが夕食の仕度を始めた。

上杉と松五郎は、木戸の陰から古い長屋を見張り続けていた。

半次と音次郎は、物陰から見守っていた。

「おそめと萬吉、戻って来ませんね」

「うん……」

「萬吉はともかく、おそめは自分の家なのに、何処に行ってんでしょうね」

音次郎は、辺りを見廻した。

半兵衛がやって来た。

「親分、旦那です」

「ああ……」

半次は、半兵衛に近寄った。

「おそめと萬吉、未だ帰っていないようだね」

半兵衛は、素早く情況を読んだ。

「はい。それで萬吉ですがね。神田明神門前の小料理屋の板前の仙吉《せんきち》の話じゃあ、骨董屋だそうですよ」

半次は、痛め付けられた中年の板前の仙吉から聞いた事を告げた。

「うん……」

「それから、女のおそめですがね。萬吉とは、二月《ふたつき》程前にあの小料理屋で知り合ったそうですよ」

「二月程前……」

知り合って余り間がない……。

半兵衛は眉をひそめた。

「はい。で、旦那、勝崎は……」

「うむ。駒形町にある萬吉の骨董屋狸穴堂に案内してくれたよ」

「駒形の狸穴堂ですか……」

「ああ……」

半兵衛は、勝崎を締め上げて訊き出した事を半次と音次郎に教えた。

陽は沈み始めた。


夜は更けた。

古い長屋の家々には明かりが灯された。だが、おそめの家だけは暗いままだった。

浪人の上杉と遊び人の松五郎は、見張りに飽きていた。

「それにしても上杉の旦那。勝崎さんはどうしたんですかね」

「うむ……」

「まさか、萬吉の野郎、狸穴堂にいたんじゃあないでしょうね」

松五郎は眉をひそめた。

「よし。狸穴堂に行ってみるか……」

「はい」

上杉と松五郎は、古い長屋から足早に立ち去った。

「追いますか……」

半次は、半兵衛の指示を仰いだ。

「いや。行き先が狸穴堂なら追う迄《まで》もないだろう。それより、昼から帰って来ないおそめが気になる」

半兵衛は眉をひそめた。

「おそめですか……」

「ああ……」

「家、覗いてみますか……」

半次は、暗いおそめの家を見詰めた。

「よし、そうしてみよう」

半兵衛は、古い長屋に向かった。

半次と音次郎が続いた。

暗いおそめの家の腰高障子《こしだかしょうじ》は、音も立てずに開いた。

半次は、家の中を窺った。

家の中は暗かった。

「音次郎、明かりを点けな……」

半兵衛は、音次郎に命じた。

「はい……」

音次郎は、手早く行燈《あんどん》に火を灯した。

行燈の明かりは、狭い部屋を仄《ほの》かに照らした。

狭い家には、畳まれた蒲団《ふとん》、火鉢ぐらいしかなく殺風景だった。

女が暮らしているようには思えない……。

半兵衛は、違和感と微かな臭いを感じた。

「何か妙ですね」

半次は眉をひそめた。

「妙……」

「ええ。何となくですが、女の一人暮らしの家のようには思えませんぜ」

「半次もそう思うかい」

「はい……」

「旦那、親分、何だか変な臭いがしませんか」

音次郎は、眉をひそめて臭いを嗅いだ。

「しているな……」

半兵衛は眉をひそめ、狭い部屋を見廻した。

変な臭いは床下からだ……。

「半次、音次郎、畳をあげてみな」

半次と音次郎は、返事をして畳をあげた。

臭いは強くなった。

「死臭だ……」

半兵衛は、臭いが何か気付いた。

「死臭……」

半次と音次郎は、緊張を露《あら》わにした。

「うむ。間違いあるまい」

「じゃあ……」

「ああ、おそめか萬吉か……」

半兵衛は眉をひそめた。

「音次郎、床板をあげろ」

半次は命じ、台所の隅にあった提灯《ちょうちん》に火を灯した。

音次郎は、畳の下の根太《ねだ》に張られた床板を外した。

死臭は強くなった。

半次は、暗い床下を提灯で照らした。

床下には、中年の男の死体があった。

「旦那、男です」

半次は告げた。

「萬吉か……」

「おそらく……」

骨董屋『狸穴堂』の萬吉は殺され、おそめと云う情婦《おんな》の家の床下に隠されていた。

「よし。音次郎、自身番に報せ、人足と大八車《だいはちぐるま》を仕度して貰え」

「合点です」

音次郎は、おそめの家から駆け出した。

「萬吉、殺されていましたか……」

半次は、吐息を洩らした。

「うん。捜しても見付からない筈だな」

「殺《や》ったのは誰なんですかね」

「そいつは、死体を仔細《しさい》に検めて見なければ何とも云えぬ」

「はい。旦那、ひょっとしたらおそめも……」

半次は読んだ。

「うん。何処かで萬吉と同じように殺されているのかもしれぬ」

半兵衛は、厳しさを滲《にじ》ませた。


おそめの家の床下に隠されていた男の死体は、人足たちによって大八車で湯灌《ゆかん》場《ば》のある寺に運ばれた。

長屋や自身番の者たちは、死体の男が骨董屋『狸穴堂』の萬吉だと見定められる程、親しくなかった。

半兵衛は、湯灌場で男の死体を洗わせて検めた。

男の死体の首には、紐《ひも》で絞められた痕《あと》が残されていた。

半次が、小料理屋の中年の板前を呼んで来て、男の死体を見せた。

中年の板前は、死体の男を骨董屋『狸穴堂』の主の萬吉だと見定めた。

骨董屋『狸穴堂』萬吉は、何者かに紐で絞め殺された。

囲炉裏《いろり》の火は燃え上がった。

半兵衛、半次、音次郎は組屋敷に戻り、夜食の雑炊《ぞうすい》の鍋を掛けた囲炉裏を囲んで酒を飲み始めた。

「それにしても、茶道具屋の泉山堂の義兵衛に雇われた上杉や勝崎の仕業《しわざ》でないとなると、誰が萬吉を殺ったんですかね」

音次郎は首を捻った。

「うん。萬吉は騙り者の御大尽と泉山堂の義兵衛の仲を取り持った。となると、拘わっているのは、騙り者の御大尽一味……」

「じゃあ……」

「うむ。騙り者一味が萬吉から辿《たど》られるのを恐れて殺したのかもしれぬ」

半兵衛は読んだ。

「じゃあ、やはりおそめも……」

「うむ。半次、おそめを追い、素性を洗ってくれ」

半兵衛は、湯呑茶碗の酒を飲んだ。

「承知しました」

半次は頷いた。

雑炊の鍋が音を鳴らし、湯気をあげた。

「さあ、音次郎、腹一杯食べるんだね」

「はい。戴きます」

音次郎は、嬉しげに丼に雑炊をよそって食べ始めた。

「それにしても、騙り者の御大尽、どんな奴なんですかね」

半次は、半兵衛の湯呑茶碗に酒を注いだ。

「そろそろ、泉山堂の義兵衛に逢う潮時かもしれないな」

萬吉が殺された今、御大尽なる騙り者を知っているのは、騙された義兵衛だけなのかもしれない。

半兵衛は、笑みを浮かべて湯呑茶碗の酒を飲んだ。

囲炉裏の火は揺れた。

神田川を吹き抜けた風は、柳橋の船宿『笹舟《ささぶね》』の暖簾を揺らしていた。

「御免……」

半兵衛は、船宿『笹舟』を訪れた。

「此《これ》は、白縫の旦那……」

女将《おかみ》のおまきは、笑顔で半兵衛を迎えた。

「やあ、女将、柳橋の親分はいるかな」

「はい。どうぞ……」

女将のおまきは、半兵衛を座敷に通して茶を差し出した。

主で岡っ引の柳橋の弥平次は、半兵衛のいる座敷にやって来た。

「こりゃあ、半兵衛の旦那……」

「やあ、柳橋の、昨日は造作を掛けたね」

「いいえ。勝崎は、確かに大番屋の仮牢に入れておきましたよ」

昨日、半兵衛は柳橋の弥平次に手紙を書き、勝崎を大番屋の仮牢に入れるように頼んだ。

「うむ。して勝崎、何か云っていたかい」

「ええ。自分は骨董屋の萬吉を捜すように頼まれ、行方を捜す手掛かりを探していただけで、盗人《ぬすっと》じゃあないと、喚《わめ》いていましたよ」

弥平次は苦笑した。

「そうか。実はね……」

半兵衛は、弥平次に茶道具屋『泉山堂』の騙りの一件と骨董屋の萬吉殺しを教えた。

「成《な》る程《ほど》、そう云う事でしたか……」

弥平次は頷いた。

「で、柳橋の。泉山堂の義兵衛や骨董屋の萬吉について何か知っているかな」

「泉山堂の義兵衛や萬吉については、此と云って何も聞いちゃあおりませんが、三月《みつき》前の南の御番所が月番の時、或《あ》る大名家の御屋敷から名のある茶道具が盗まれたって噂がありましたよ」

「名のある茶道具が盗まれた……」

「ええ。ですが、盗まれたのは大名家、そんな事が世間に知れると武門の恥辱ってんで訴え出ず、何もかも闇の彼方《かなた》ってのがありましたよ」

「泉山堂の騙り、その時に盗まれた名のある茶道具が絡《から》んでいるか……」

半兵衛は、弥平次の云いたい事を読んだ。

「ええ。ひょっとしたら……」

弥平次は、小さな笑みを浮かべた。

「もし、そうだとしたなら、殺された骨董屋の萬吉、故買屋《こばいや》だったのかもしれないな」

半兵衛は睨んだ。

〝故買屋〟とは、〝窩主買《けいずがい》〟とも称し、盗品と知りながら売り買いする者だ。

「ええ。狸穴堂にある品物を見た限り、骨董と呼べる程の物はなく、がらくたばかり。骨董で食えないのに、小さいながらも店を構えているってのは……」

「裏で秘かに盗品を扱っているか……」

半兵衛は読んだ。

「違いますかね」

「いや。おそらく柳橋の睨み通りだろう」

半兵衛は微笑んだ。


鳥越明神裏の古い長屋には、赤ん坊の泣き声が響いていた。

おそめは、家に戻って来てはいなかった。

半次と音次郎は、長屋のおかみさんたちにおそめがどんな女か聞き込んだ。

「おそめさん、二月ぐらい前に越して来てね。余り家にいなかったたし、私たちも未だ良く知らないんだよ。ねえ……」

年上の肥《ふと》ったおかみさんは、他のおかみさんたちに同意を求めた。

「ええ……」

おかみさんたちは頷いた。

「じゃあ、どんな仕事をしていたのかも……」

「ええ。何も知りませんよ。その癖、男だけは、しっかり引き込んで、ねえ……」

おかみさんたちは笑った。

「親分……」

「よし。大家さんにおそめの請人《うけにん》が誰か訊いてみよう」

半次と音次郎は、古い長屋の大家の家に向かった。


茶道具屋『泉山堂』の店内には、風炉《ふろ》や茶釜、茶碗、茶筅《ちゃせん》など様々な茶道具が並べられ、番頭や手代が客の相手をしていた。

「邪魔するよ」

半兵衛は、帳場にいた番頭に声を掛けた。

「此はお役人さま、何か……」

番頭は、半兵衛に怪訝《けげん》な眼を向けた。

「うむ。義兵衛の旦那はいるかな」

半兵衛は訊いた。

「あの。旦那さまに何か……」

番頭は、町方同心が心付けをせびりに来たと思ったのか、蔑《さげす》みと侮《あなど》りを窺わせた。

「義兵衛はいるかと訊いているんだよ」

半兵衛は、番頭に穏やかに笑い掛けた。

「は、はい……」

番頭は、微かな怯《おび》えを滲ませた。

「じゃあ、もし店で逢いたくないのなら、大番屋に来て貰うが、いいね」

半兵衛は脅した。

「お、大番屋。お役人さま、少々、少々お待ち下さいませ」

番頭は驚き、慌てて奥に入って行った。

半兵衛は苦笑した。

三

茶道具屋『泉山堂』の奥座敷は、町中にあるとは思えぬ静けさだった。

半兵衛は、庭を眺めながら茶を飲んだ。

美味《うま》い……。

流石《さすが》は老舗茶道具屋が客に出す茶だ。

半兵衛は苦笑した。

番頭は、半兵衛に脅されて慌てて主の義兵衛に取り次いだ。

主の義兵衛は、番頭に半兵衛を奥座敷に通して茶を出すように命じた。

「お待たせ致しました」

恰幅《かっぷく》の良い初老の男が、奥座敷にやって来て半兵衛に挨拶《あいさつ》をした。

「茶道具屋泉山堂主の義兵衛にございます」

「やあ。私は北町奉行所臨時廻り同心の白縫半兵衛。ちょいと訊きたい事があってね」

半兵衛は笑い掛けた。

「北の御番所の白縫さま。どのような事にございましょうか……」

義兵衛は、半兵衛を正面から見詰めた。

一筋縄ではいかぬ奴……。

おそらく、騙りに遭った事も云わぬ……。

半兵衛の勘が囁《ささや》いた。

「うん。義兵衛は、勝崎って浪人を知っているね」

「浪人の勝崎……」

義兵衛は、微かに浮かんだ動揺を素早く隠した。

「ああ。その勝崎だが、昨日、狸穴堂って骨董屋に盗みに入ったのをお縄にしてね」

「お縄に……」

義兵衛は眉をひそめた。

「うん。だが、勝崎は狸穴堂に忍び込んだのは、主の萬吉を捜しての事で盗みではないと云い張ってね」

「はい……」

「それで、どうして萬吉を捜しているのか尋ねると、泉山堂の義兵衛、お前さんに頼まれての事だとね……」

半兵衛は、義兵衛を見据えた。

「白縫さま、手前は確かに勝崎さんたちに狸穴堂の萬吉を捜すように頼みました。ですが、盗みを働けなどと申してはおりません」

義兵衛は笑みを浮かべた。

「成る程、盗みは勝崎が勝手にした事か……」

「左様にございます」

「そうか。処《ところ》で義兵衛。お前さんは、どうして萬吉を捜しているんだい」

「それは、商いに拘《かか》わる事でして……」

義兵衛は、笑みを浮かべて言葉を濁した。

「云えぬか……」

半兵衛は苦笑した。

「はい。お侍さまにお武家の掟《おきて》があるように、商人にも商いの掟がございますので……」

義兵衛は、不敵な笑みを浮かべた。

やはり、一筋縄ではいかぬ……。

半兵衛の勘は当たった。

「そうか。ならば仕方がないが、狸穴堂の萬吉、殺されていたよ」

「えっ……」

義兵衛は驚いた。

「それから、萬吉はどうやら故買屋だったようだね」

半兵衛は、面白そうに告げた。

「し、白縫さま……」

義兵衛は言葉を失った。

「義兵衛、素人《しろうと》が出過ぎた真似をすれば、命取りになるよ。邪魔をしたね」

半兵衛は、刀を手にして立ち上がった。


半兵衛は、義兵衛と番頭たち奉公人に見送られて茶道具屋『泉山堂』を後にした。

義兵衛は、険しい面持ちで半兵衛を見送った。

白縫半兵衛は、騙りは無論、その絡繰《からく》りに気が付いているのかもしれない。

義兵衛は、去って行く半兵衛の後ろ姿を睨み付けた。

「旦那さま……」

番頭は、恐る恐る声を掛けた。

「上杉さんと松五郎に私の処に直ぐ来るように云いなさい」

義兵衛は、腹立たしげに番頭に云い棄てて奥に入って行った。

「は、はい。畏《かしこ》まりました」

番頭は慌てた。


鳥越明神裏の古い長屋の大家は、萬吉の死体が見付かったのに困惑し、おそめの請人が誰か教えてくれた。

おそめが古い長屋に入る時の請人は、浅草新寺町《あさくさしんてらまち》の長法寺《ちょうほうじ》の住職だった。

「寺の住職ですか……」

音次郎は眉をひそめた。

「形ばかりの請人かな」

半次は苦笑した。

「ええ。長法寺の坊さんに訊いた処で、何も分からないでしょうね」

家や店を借りたりする時には、身許を保証する請人が必要だった。請人は親類や奉公先の主などが多かったが、そうした伝手《つて》のない者は寺の住職に金を払って請人になって貰っていた。

長法寺の住職が金を貰って請人になったのならば、おそめの人柄、素性、過去などを知っている筈はない。

「ま、そうかもしれないが、新寺町は遠くはない。ちょいと確かめて来る。音次郎、お前は長屋に戻り、おそめが帰って来るのを見張っていろ」

半次は命じた。

「合点です」

半次は新寺町に急ぎ、音次郎は古い長屋に戻った。


骨董屋『狸穴堂』は店の雨戸を開け、雑多な古道具を風に晒《さら》していた。

「御苦労だね」

半兵衛は、雑多な古道具の置かれた店に入った。

「こりゃあ、半兵衛の旦那……」

柳橋の弥平次の下っ引を務めている幸吉《こうきち》と船頭の勇次《ゆうじ》が、雑多な古道具を調べていた。

「どうかな……」

「今の処、これと云った物はありませんね」

幸吉は眉をひそめた。

「そうか。して、柳橋は……」

「居間を調べています」

「よし……」

半兵衛は、店を通って奥の居間に進んだ。


「どうかな、柳橋の……」

半兵衛は、居間の戸棚を調べていた柳橋の弥平次に尋ねた。

「戸棚の中にこんな物がありましたよ」

弥平次は、金襴《きんらん》の刀袋に入れられた短刀を差し出した。

「ほう……」

半兵衛は、金襴の刀袋から節句尽《せっくづくし》総金具《そうかなぐ》黒蠟色塗鞘《くろろいろぬりさや》の拵《こしらえ》の短刀を出した。

「見事な拵の短刀だな」

半兵衛は、短刀を抜いて翳《かざ》した。

短刀の刃は鈍色《にびいろ》に輝いた。

「刃長は八寸五分、反《そ》りは内反り……」

半兵衛は刀を読んだ。

「相当なものですか……」

「うむ。刀剣については素人だが、かなりのものだね」

半兵衛は、鈍く輝く短刀を眺めた。

「萬吉の奴が扱えるような骨董品じゃありませんか……」

「おそらく、盗賊が武家屋敷に押し込み、盗み取って来たって奴だろうな」

「萬吉、やっぱり故買屋に間違いありませんね」

「ああ。しかし、此程の短刀だ。値も張れば、下手《へた》に持ち歩く事も出来ぬ。それ故、中々《なかなか》売り捌《さば》けなかったのだろう」

半兵衛は読み、短刀を鞘《さや》に納めた。

骨董屋『狸穴堂』萬吉は、故買屋に間違いなかった。だが、茶道具屋『泉山堂』に騙りを仕掛けた者たちに繋《つな》がるようなものは、何一つ見付からなかった。

半兵衛と弥平次たちは、骨董屋『狸穴堂』の捜索を続けた。

長法寺は、新寺町の外れにある小さな古い寺だった。

半次は、長法寺の庫裏《くり》を訪ねた。

庫裏にいた若い寺男は、岡っ引の半次に警戒する眼を向けた。

半次は、住職への取次を頼んだ。

若い寺男は、半次を庫裏に残して奥に入って行った。

僅《わず》かな刻が過ぎ、小柄な老住職が若い寺男と共に出て来た。

「住職の宗円《そうえん》だが……」

小柄な老住職は禿頭《とくとう》を光らせ、半次に穏やかな視線を向けて座った。

「手前は北町奉行所同心白縫半兵衛さまに手札を貰っている半次と申します」

半次は名乗り、懐《ふところ》の十手を僅かに見せた。

「ま、腰掛けなさい。仁吉《にきち》、親分に茶をな」

宗円は、若い寺男に命じた。

「じゃあ、御免なすって……」

半次は、框《かまち》に腰掛けた。

「して、私に何用かな……」

「宗円さまは、おそめと云う女が鳥越明神裏の長屋に越す請人になっておりますね」

「おその……」

宗円は、白髪眉《しらがまゆ》をひそめた。

「はい。大家さんにそう窺って参りました」

「そうか。ならばそうであろう」

「じゃあ……」

半次は、厳しさを滲ませた。

「左様。親分の睨み通り、金で頼まれて請人になった。それ故、おそめと云う女の人柄や素性、昔の事は何も知らぬ」

「本当に……」

半次は、宗円を見詰めて念を押した。

「本当だ。泣いて頼まれれば嫌とは云えぬ」

宗円は苦笑した。

「宗円さま、御勤めの刻限です」

仁吉が宗円に告げた。

「おお、そうだな。では親分、悪いが此でな」

宗円は、足早に奥に入って行った。

「御造作をお掛け致しました」

半次は頭を下げた。

「どうぞ……」

仁吉は、笑みを浮かべて半次に茶を出した。


庫裏を出た半次は、長法寺の狭い境内《けいだい》を見渡した。

本堂に鐘撞堂《かねつきどう》……。

そして、本堂の裏手にある古い家作《かさく》……。

何処にでもある古い寺だ。

半次は、念入りに見渡した。

「親分さん、何か……」

寺男の仁吉が、いつの間にか背後にいた。

「いや、別に。じゃあ……」

半次は、軽い足取りで長法寺を後にした。

宗円の読経《どきょう》が本堂から響いた。

刀剣商『真命堂《しんめいどう》』の主の道春《どうしゅん》は、短刀の刀身を仔細に検めた。

半兵衛は見守った。

道春は、短刀の目釘《めくぎ》を抜いて茎《なかご》に刻まれている銘を読み、小さな吐息を洩らした。

半兵衛は訊いた。

「どのような短刀ですか……」

「左様。国光《くにみつ》の名刀に相違ございますまい」

「国光……」

〝国光〟は、鎌倉時代の相模《さがみ》の名工であり、打った刀は名刀とされていた。

「はい。白縫さま、この国光、出処は……」

「うむ。殺された骨董屋が持っていたのだが、何か……」

「はい。この国光の短刀は、以前、さる御大名が持っておられましたが、盗賊に盗まれたとの噂がございましてね」

「やはり、盗賊に奪われた短刀ですか……」

「いいえ。これは良く出来た贋作《がんさく》です」

「贋作……」

半兵衛は眉をひそめた。

「ええ。ですが、盗賊に盗まれたと云う噂はおそらく本当です」

道春は微笑んだ。

「ならば、盗んだ盗賊が何者かは……」

「これも噂ですが、仏《ほとけ》の喜十《きじゅう》とか云う盗賊の仕業ではないかと……」

「仏の喜十……」

噂では、大名家から国光の短刀を盗んだ盗賊は仏の喜十だ。もし、そうなら盗賊の仏の喜十と故買屋の萬吉は拘わりがある。そして、茶道具屋『泉山堂』に騙りを仕掛けた者とも拘わりがあるのかもしれない。

半兵衛は読んだ。

盗賊仏の喜十……。

半兵衛は、仏の喜十がどのような盗賊なのか興味を抱いた。

新寺町から鳥越明神裏迄は、寺と旗本屋敷が連なっている。

半次は、筑後《ちくご》国柳河《やながわ》藩江戸中屋敷裏の三筋町《みすじちょう》の通りを抜け、鳥越明神裏の町に戻った。そして、古い長屋のある裏通りに進んだ。

音次郎は、古い長屋を見張っていた。

「どうだ……」

半次は、音次郎の傍に来た。

「親分、奴らが来ていますぜ」

音次郎は、古い長屋の井戸端を示した。井戸端では、浪人の上杉と遊び人の松五郎がおかみさんたちと話をしていた。

「きっと、萬吉が殺されたと知り、おそめを捜しているんです」

音次郎は読んだ。

「うん……」

「で、長法寺の坊さん、どうでした」

「思った通り、金で請人になっていたよ」

「じゃあ、おそめの事は……」

「何も知らないそうだ」

「そうですか……」

「音次郎……」

半次は、音次郎を促して物陰に隠れた。

上杉と松五郎が、古い長屋から出て来て鳥越明神に向かった。

「追うぞ」

半次は、音次郎を促した。

「おそめは……」

音次郎は戸惑った。

「もう、戻って来ないだろう」

半次は見定めていた。

「はい。じゃあ……」

半次と音次郎は、上杉と松五郎を追った。


仏の喜十は、どのような盗賊なのだ……。

「仏の喜十ですか……」

柳橋の弥平次は眉をひそめた。

「うむ。知っているかな」

「見掛けちゃあいませんが、話には聞いた覚えがあります」

「どんな奴かな……」

「何でも穏やかな奴だそうですよ」

「それで仏か……」

「きっと。で、押し込み先の者を殺したり犯したりの外道働《げどうばたら》きはせず、手間暇《てまひま》掛《か》けて隙間風のように忍び込み、狙っただけの金とお宝を奪い取るとか……」

「成る程、それで仏か……」

半兵衛は苦笑した。

「ま、そうは云っても所詮は盗賊。裏で何をしているのか分かったもんじゃありませんよ」

弥平次は、冷ややかな笑みを浮かべた。

「うむ……」

半兵衛は頷いた。

八丁堀は逢魔《おうま》が時《とき》に覆われた。

半兵衛は、人通りの途絶えた北島町《きたじまちよう》の往来を組屋敷に向かった。

「旦那……」

音次郎が、暗がりから現れた。

「おう。どうした……」

半兵衛は戸惑った。

「浪人の上杉と遊び人の松五郎が、旦那に用がありそうですぜ」

「上杉と松五郎が……」

半兵衛は眉をひそめた。

「ええ。御屋敷の玄関先に勝手に入り込んで待っていますよ」

音次郎は、腹立たしげに報せた。

「ほう。何の用かな……」

半兵衛は、面白そうに笑った。


組屋敷に廻された板塀の木戸門は、微かな軋《きし》みをあげて開いた。

半兵衛は、玄関脇の上がり口に向かって前庭を進んだ。

刹那、覆面をした上杉が、母屋《おもや》の陰から現れて半兵衛に斬り掛かった。

半兵衛は、咄嗟に躱《かわ》した。

手拭《てぬぐい》で頰被《ほっかむ》りをした松五郎が、匕首《あいくち》を構えて猛然と半兵衛に突進した。

半兵衛は、十手を唸《うな》らせた。
十手は、松五郎の匕首を握った腕を鋭く打ち据えた。
骨の折れる乾いた音が鳴り、匕首が地面に落ちた。
松五郎は骨の折れた腕を抱え、木戸門の外に転がるように逃げた。
上杉は、半兵衛に鋭く斬り付けた。
半兵衛は、後退しながら十手を仕舞った。
上杉は、半兵衛に体勢を立て直す暇を与えず間断なく斬り付けた。
「上杉……」
半兵衛は一喝《いっかつ》した。
上杉は怯《ひる》んだ。
半兵衛は鋭く踏み込み、抜き打ちの一刀を放った。
刀は閃光となり、上杉の利き腕の肩口を斬り裂いた。
血が飛んだ。
上杉は、血の流れる利き腕の肩口を押えて片膝を突いた。
半次と音次郎が、松五郎を捕まえて木戸門から入って来た。
「まったく、半兵衛の旦那を闇討ちしようなんて、良い度胸だぜ」

音次郎は嘲笑した。

上杉と松五郎は縄を打たれた。

「さあて、上杉、松五郎、誰に頼まれてこんな馬鹿な真似をしたのかな」

半兵衛は、問い質した。

「それより医者だ。医者を呼んでくれ」

上杉は、斬られた肩から流れ続ける血に怯えた。

「上杉、誰に頼まれたのか云えば、医者を呼んでやるよ」

「医者が先だ」

上杉は、顔を歪《ゆが》めて抗《あらが》った。

「上杉、お前が此のまま血を流し過ぎて死んでも、私は少しも困らない。闇討ちを仕掛けて来た曲者《くせもの》を斬り棄てただけだ」

半兵衛は、上杉を冷たく見据えた。

「そんな……」

上杉は、恐怖に言葉を失って震えた。

「上杉。折角《せっかく》、急所を外して斬ったのだ。そいつを無駄にしたいのなら、勝手にするがいい」

半兵衛は云い放った。

「義兵衛だ。茶道具屋泉山堂の義兵衛に頼まれての闇討ちだ」

上杉は吐いた。

「やはり、義兵衛か……」

半兵衛は苦笑した。

四

茶道具屋『泉山堂』義兵衛は、浪人の上杉と遊び人の松五郎に半兵衛の闇討ちを命じた。

騙りに遭った義兵衛は、何故に半兵衛の命を奪おうとしたのか……。

「それは知らぬ……」

上杉と松五郎は、医者の手当てを受けて漸《ようや》く落ち着いた。

「知らぬか……」

「ああ。俺は前金を貰ったら、斬る理由は詳しく訊かぬ。聞けば迷う事もあるからな」

「相手が同心の旦那でもか……」

半次は、上杉を厳しく見据えた。

「尚更《なおさら》、訊かぬ……」

上杉は、己を嘲笑《あざわら》った。

「ならば上杉、松五郎、義兵衛はどんな騙りに遭ったか知っているか……」

「萬吉の野郎が持って来た話に乗ったら、三百両で贋物を買わされたと……」

松五郎は告げた。

「贋物とは、茶道具の贋物だな」

「はい……」

松五郎は頷いた。

「そうか、良く分かった」

半兵衛は、上杉と松五郎を大番屋の仮牢に入れた。

「結局、義兵衛がどうして旦那の命を狙ったのかは、分からず仕舞いですね」

半次は眉をひそめた。

「いや。半次、義兵衛は故買屋だ……」

半兵衛は嗤った。

茶道具屋『泉山堂』は、店の前の掃除も終えて暖簾を掲げた。

半兵衛は、万一の時に備えて音次郎を裏手に廻し、半次を従えて店に入った。

「いらっしゃいませ……」

手代と小僧たちは、戸惑いながら半兵衛と半次を迎えた。

「やあ。旦那の義兵衛はいるね」

半兵衛は、手代と小僧に笑い掛けた。

「は、はい。番頭さん……」

手代は、帳場にいる番頭を呼んだ。

「なんです」

番頭は帳簿から顔をあげ、半兵衛に気が付いて緊張を露わにした。

「やあ……」

半兵衛は笑い掛けた。

「こ、これは白縫さま……」

「義兵衛は奥か……」

「左様にございます。只今、呼んで参ります」

「いや、それには及ばないよ」

半兵衛は框にあがった。

「お、お待ち下さい」

番頭は狼狽え、半兵衛を止めようとした。

「邪魔するんじゃあねえ。お上の御用だ」

半次は、番頭の腕を捻りあげた。

番頭は悲鳴をあげた。

手代と小僧たちは怯えた。

「何を騒いでいるのですか……」

義兵衛が、老番頭と奥から出て来た。

「やあ、義兵衛……」

半兵衛は笑った。

「し、白縫さま……」

義兵衛は愕然《がくぜん》とした。

「上杉と松五郎はお縄にしたよ」

半兵衛は、義兵衛を厳しく見据えた。

義兵衛は、言葉を失って立《た》ち竦《すく》んだ。

「義兵衛、半兵衛の旦那を殺そうとした咎《とが》でお縄にする。神妙にするんだな」

半次は告げた。

義兵衛は、呆然《ぼうぜん》とした面持ちでその場に座り込んだ。

「義兵衛、萬吉の口利きで騙り者が持ち込んだ品物は、盗賊が盗んだ物だね」

半兵衛は、静かに尋ねた。

義兵衛は項垂れた。

「お前は、以前から萬吉の持ち込む盗品を買っていた。そうだな」

「はい……」

半兵衛は、何もかも気付いている……。

義兵衛は、恐怖が湧き上がるのを覚えた。

「そいつは御法度《ごはっと》の盗品買いだ。そいつを私に知られ、お縄になるのを恐れた。で、お前は上杉と松五郎に私を殺せと命じた」

半兵衛は、義兵衛を見据えた。

義兵衛は、恐怖に激しく震えた。

「尤《もっと》も、三百両もの大金で買った盗品は贋物だった。気の毒にな」

半兵衛は嗤った。

「し、白縫さま、悪いのは萬吉と桂木清州《かつらぎせいしゅう》と云う茶之湯の宗匠です。その二人が千利休《せんのりきゅう》の作った青磁《せいじ》と白磁《はくじ》の茶碗を持ち込んだのです。盗賊が水戸《みと》家の江戸屋敷から盗んだと噂の二つの茶碗を……」

義兵衛は、嗄《しゃが》れた声を引き攣らせた。

「盗賊が水戸家から盗んだ千利休の二つの茶碗か……」

半兵衛は、騙りに使われた品物が何かを知った。

「はい……」

「それにしても、老舗茶道具屋泉山堂の主が、贋物だと見抜けなかったのか……」

半兵衛は眉をひそめた。

「最初に見た時は、間違いなく千利休の青磁と白磁の茶碗でした。ですが……」

義兵衛は、悔しさを露わにした。

「後日、三百両で買った後の茶碗は贋物だったか……」

半兵衛は読んだ。

「はい……」

義兵衛は観念した。

「して、故買屋の萬吉が引き合わせた桂木清州ってのは、どんな人相風体だったかな」

半兵衛は尋ねた。

「はい。桂木清州は、歳の頃は六十近くで小柄な男です」

「六十近くで小柄な男ねえ」

「はい……」

「他に何か目立つ処はないかな」

「はあ、目立つ処は、頭が禿《は》げているぐらいですか……」

義兵衛は首を捻った。

「小柄で頭が禿げている年寄りか……」

茶之湯の宗匠の桂木清州と名乗った騙り者は、盗賊仏の喜十なのかもしれない……。

半兵衛は、想いを巡らせた。

「旦那……」

半次が眉をひそめた。

「なんだい……」

「おそめの請人の長法寺の住職、六十歳絡みで小柄な禿頭なんです」

半次は、長法寺住職の宗円の光り輝く禿頭を思い出した。

「ほう。おそめの請人の坊さんか……」

「はい……」

「そいつは、ひょっとしたらひょっとするかもな……」

半兵衛は、不敵な笑みを浮かべた。


半兵衛は、茶道具屋『泉山堂』主の義兵衛を伴って浅草新寺町の長法寺に急いだ。

長法寺の住職の宗円は、茶の宗匠桂木清州に扮《ふん》した騙り者なのか……。

半兵衛は、義兵衛に長法寺の住職の宗円の面通しをさせる事にした。


長法寺は静寂に包まれていた。

半兵衛は、長法寺の斜向《はすむ》かいにある仏花を売る茶店に義兵衛を伴った。そして、窓から長法寺の見える小座敷にあがった。

「いいか、義兵衛。あの長法寺の住職の宗円がお前を騙した桂木清州かもしれぬ。騙り者に恨《うら》みを晴らしたければ、確《しか》と見定めるのだ」

半兵衛は、義兵衛に告げた。

「はい……」

義兵衛は頷いた。

「じゃあ、半次、音次郎、義兵衛と一緒にな。私はちょいと長法寺の周りを一廻りしてくる」

「承知しました」

半次と音次郎は頷いた。


長法寺の本堂から読経が響き始めた。

半兵衛は、狭い境内越しに本堂を眺めた。

住職の宗円……。

半兵衛は、宗円の読む経を聞きながら長法寺の路地に進んだ。

隣りの寺との間の路地は裏に続いており、古い土塀に裏木戸があった。そして、裏木戸の向こうには小さな家作が見えた。

半兵衛は、裏木戸の向こうの小さな家作を窺った。

小さな家作の井戸端では、質素な形《なり》の年増《としま》が洗濯をしていた。
おそめ……。
半兵衛の勘が囁いた。
既に殺されたと思っていたおそめは、生きていたのだ。
半兵衛は、何故か微かな安堵を覚えた。
おそめは洗濯を続けた。その揺れる背中は、心細げで淋しげだった。
半兵衛は、裏木戸を開けた。
裏木戸は軋みをあげた。
おそめは振り返った。
「やあ、おそめだね」
半兵衛は、裏木戸を入っておそめに近付いた。
おそめは、咄嗟に逃げようとした。
半兵衛は、素早くおそめの手を摑まえた。
おそめは抗った。
「おそめに間違いないね」
半兵衛は、おそめを見定めた。

おそめは、半兵衛を必死に睨んだ。

「萬吉は口封じで殺された」

「殺された……」

おそめは驚いた。

「それで、お前も同じ目に遭ったと思っていたが、無事で何よりだ」

半兵衛は微笑んだ。

「萬吉が殺された……」

おそめは呆然と呟《つぶや》いた。

「うむ。故買屋の萬吉を仲間に引き入れたのは、誰の指図だい」

「そ、それは……」

おそめは云い澱んだ。

刹那、半兵衛は、おそめを井戸の陰に押し倒した。

鉈《なた》が唸りをあげて飛来し、おそめのいた処に突き立った。

半兵衛は、おそめを背後に庇《かば》って辺りを窺った。

辺りに人影はなく、本堂から聞こえていた読経も消えていた。

おそめは震えていた。

「危うく、萬吉に続く処だったな」

半兵衛は苦笑した。


長法寺の庫裏から、若い寺男の仁吉と住職の宗円が出て来た。

「桂木清州……」

半次や音次郎と境内に入って来た義兵衛が、住職の宗円を睨み付けた。

宗円と仁吉は狼狽えた。

「親分。こいつだ。この坊主が私に盗品を売り付けた騙り者の桂木清州だ」

義兵衛は、宗円を指差して半次に訴えた。

宗円は怯んだ。

「寺の坊主が、騙り者の桂木清州だったとは呆れたもんだ」

半次は、十手を構えた。

「呆れるのは、それだけじゃあないようだ」

半兵衛が、おそめを連れて本堂の裏手から出て来た。

音次郎が素早く走り、半兵衛からおそめを預かった。

半兵衛は、宗円と仁吉に進んだ。

「長法寺住職の宗円に茶之湯の宗匠の桂木清州か。いろいろ忙しいな、盗賊仏の喜十……」

半兵衛は嗤った。

宗円は、満面に怒りを浮かべた。

「仏の喜十……」

半次は眉をひそめた。

「ああ。盗賊の仏の喜十は、おそめを使って萬吉を仲間に引き入れ、義兵衛に口利きをさせ、水戸家から盗み出した千利休の茶碗で騙りを仕掛けた。そうだな、喜十……」

半兵衛は、宗円を厳しく見据えた。

宗円は怯んだ。

「逃げて下せえ、お頭《かしら》……」

仁吉は叫び、匕首を構えて半兵衛に襲い掛かった。

半兵衛は、十手で仁吉を叩き伏せた。

仁吉は、地面に這《は》い蹲《つくば》った。

半次が、仁吉を捕り押えて縄を打った。

「此迄だよ。盗賊仏の喜十……」

半兵衛は、立ち尽くしている宗円を冷たく見据えた。


故買屋の萬吉を殺したのは、盗賊仏一味の仁吉だった。

仁吉の萬吉殺しは、云う迄もなく喜十の指図だ。

おそめは、盗賊仏一味の隠れ宿や主《おも》だった配下の隠れ家などを半兵衛に告白した。その背後には、利用され扱《こ》き使《つか》われた挙《あ》げ句《く》に口封じに命を狙われた恨みが秘められていた。


十年前、おそめは幼い子供を抱え、小田原《おだわら》の呉服屋の若女房として幸せに暮らしていた。だが、店は盗賊仏の喜十の押し込みに遭った。

仏の喜十は、金と一緒に一目惚《ひとめぼ》れした若女房のおそめを拉致《らち》した。

おそめは、喜十に弄《もてあそ》ばれて情婦《おんな》にされた。その後、喜十はおそめに飽き、盗賊一味の女にした。

喜十は、下手な真似をすれば小田原の呉服屋にいる子供を殺すと、おそめを脅して様々な盗賊働きに利用した。

おそめは、我が子を護《まも》りたい一心で云われるままに働いた。故買屋の萬吉に近付いたのも、喜十の指図だった。

　そして、口封じに殺され掛けた……。

「何が仏なもんですか、喜十は鬼です……」

　おそめは、怒りと悔しさ、哀しさを露わにして涙を流した。

　半兵衛は、おそめの告白の裏を取った。

　おそめの告白は、すべて事実だった。


　盗賊仏の喜十、仁吉を始めとした一味の者共には死罪の仕置《しおき》が下された。そして、茶道具屋『泉山堂』義兵衛は盗品を買っていた罪、浪人の上杉や勝崎と遊び人の松五郎は金で人殺しを請負って襲撃した罪で裁かれる事になった。

　裁きを受ける者たちの中に、おそめはいなかった。

「旦那、いいんですかい……」

　半次は眉をひそめた。

「半次、おそめの証言があったからこそ、盗賊仏一味の者共を捕らえ、叩き潰せた」

「そいつに免じますか……」

「うむ。それにおそめは喜十に拉致され、人生を狂わされたんだ。その上、口封じに命を狙われ、使い棄てにされ掛けた。これ以上、私たちが痛め付ける事もあるまい」

「じゃあ、知らん顔をしますか……」

半次は頷いた。

「ああ。おそめは何処かに消えてしまった幻の女だよ」

半兵衛は笑った。

その後、おそは江戸から姿を消した。

小田原に帰ったのかもしれない……。

半兵衛は、おそめの行方を追わなかった。

おそめは、幻の女がいい……。

第三話　忠義者

一

非番の北町奉行所は表門を閉め、奉行所の者たちは潜り戸から出入りをしていた。

臨時廻り同心の白縫半兵衛《しらぬいはんべえ》は、月番の時に扱った事件の残務整理をして町奉行所の潜り戸を出た。そして、外濠に架かる呉服橋《ごふくばし》御門を渡り、日本橋《にほんばし》の通りに出た。

日本橋の通りは、行き交う人で賑《にぎ》わっていた。

半兵衛は、日本橋の通りを横切って楓川《もみじがわ》に進んだ。

犬の野太い吠え声がした。

半兵衛は、犬の吠えた楓川の川端を見た。

楓川の川端には、棒を持った木戸番とお店《たな》の若い衆が汚れた大きな犬と見合っていた。

大きな犬は棒を持った木戸番を睨《にら》み、飛び掛からんばかりに身を低くして唸《うな》っていた。

「どうしたんだい……」

半兵衛は、怪訝《けげん》な面持《おもも》ちで近付いた。

「こりゃあ旦那、野良犬でしてね。菓子屋の饅頭《まんじゅう》を盗み食いしたんですぜ」

お店の若い衆は、木戸番の言葉に頷《うなず》いた。

「そいつは災難だったね」

半兵衛は、大きな野良犬を窺《うかが》った。

大きな野良犬は汚れているが、毛は白いようだった。

「おい。菓子屋の饅頭を食ったのか……」

半兵衛は、大きな野良犬に声を掛けた。

大きな野良犬は野太い声で吠え、尻尾《しっぽ》を大きく振った。

「ま、腹が減っていたんだろう。此《これ》で勘弁してやってくれ」

半兵衛は、お店の若い衆に小粒を握らせた。

「旦那……」

お店の若い衆は戸惑った。

「此の通りだ……」

半兵衛は頭を下げた。

「分かりました、旦那。じゃあ、手前は此で御無礼致します」

お店の若い衆は、半兵衛に一礼して小走りに立ち去った。

「良かったな。さあ、お前も塒《ねぐら》に帰りな」

半兵衛はしゃがみ込み、大きな野良犬の両頬を撫《な》で廻《まわ》した。

大きな野良犬は、嬉しげに吠えて尻尾を大きく振った。


半兵衛は楓川を渡り、丹波《たんば》国綾部《あやべ》藩江戸上屋敷の横手を進んで八丁堀北島町《はっちょうぼりきたじまちょう》に入った。

後ろから誰か来る……。

半兵衛は、歩きながら背後を窺った。

背後に不審な者はない……。

だが、何者かが付いて来ているのは間違いない。

半兵衛は、立ち止まって振り返った。

大きな野良犬は立ち止まり、野太い声で吠えて尻尾を振った。

半兵衛に付いて来たのは、大きな野良犬だった。

「何だ、お前か……」

半兵衛は戸惑った。

大きな野良犬は、嬉しげに尻尾を振って吠えた。

「付いて来ても、何も良い事はないぞ。さっさと塒に帰るんだよ」

半兵衛は大きな野良犬に云い聞かせ、帰れと手を振って歩き出した。

大きな野良犬は、半兵衛を追った。


北島町の組屋敷に戻った半兵衛は、着替えて夕食作りを始めた。

半兵衛は、井戸端で米を研《と》いで竈《かまど》に掛けた。

後は、見廻りに出ている半次《はんじ》と音次郎《おとじろう》が鶏肉と大根、里芋、椎茸《しいたけ》、葱《ねぎ》などの野菜を買って来るのを待つだけだ。

今夜は鳥鍋だ。

半兵衛は、酒の残りなどを確かめた。

夕暮れ時が近付いた。

「只今《ただいま》、戻りました」

半次と音次郎が、買い物をして帰って来た。

「おう……」

半兵衛は台所に向かった。

「おう、よしよし」

音次郎の弾んだ声があがり、犬が野太く吠えた。

「まさか……」

半兵衛は、台所の勝手口を出た。

井戸端では、音次郎と大きな野良犬が楽しげに戯《じゃ》れ合《あ》っていた。

「やっぱり……」

半兵衛は眉をひそめた。

「旦那、何ですか、この犬は……」

半次は、半兵衛に戸惑った眼を向けた。

「野良犬でね。付いて来るので、塒に帰れと云ったんだがねえ」

「あっしたちが来た時には、玄関先で寝ていましたよ」

半次は呆れた。

「そうか。後を付けられ、家を突き止められてしまったか……」

半兵衛は苦笑した。

「あっ、旦那……」

音次郎は、半兵衛に挨拶《あいさつ》をしようとした。だが、大きな野良犬が戯れ付いて邪魔をした。

「この犬、どうしたんです」

音次郎は、大きな野良犬の頭を撫で廻した。

「勝手に付いて来た野良犬だよ」

「へえ。野良犬ですか……」

音次郎は、戯れ付く大きな野良犬の相手を巧みにした。

「音次郎、犬は好きなのかい」

「はい。餓鬼《がき》の頃から大好きでして……」

「そうか……」

「いい加減にしな、音次郎。飯の仕度だ」

半次は苦笑した。

「はい。おい、俺は飯の仕度だ。又後で遊ぼうな」

音次郎は、座っている大きな野良犬に云い聞かせた。

大きな野良犬は、音次郎の云う事が分かったのか、尻尾を振って吠えた。

音次郎は、買って来た大根、里芋、葱、椎茸などの野菜を入れた風呂敷包みを持って井戸端に向かった。

大きな野良犬は、尻尾を振り続けていた。

「追い出すのも、何だか可哀想ですね」

半次は、大きな野良犬を眺めた。

「うん。ま、放っておけば、その内、出て行くだろう」

半兵衛は、吐息を洩らした。


囲炉裏《いろり》に掛けられた鳥鍋は、湯気を昇らせて音を鳴らした。

半兵衛、半次、音次郎は、鳥鍋を食べながら酒を飲んだ。

勝手口の板戸が音を立てた。

半兵衛は眉をひそめた。

半次は、土間に降りて板戸の脇で身構えた。

半兵衛は手頃な薪《まき》を取り、土間に降りて板戸を開けた。

次の瞬間、大きな野良犬が素早く土間に入って来た。

「何だ、お前か……」

音次郎が、大きな野良犬を押えた。

大きな野良犬は、鳥鍋を見て鼻を鳴らした。

「旦那、親分、こいつ腹が減っているようですぜ……」

音次郎は、遠慮勝ちに告げた。

「そいつは可哀想だ。じゃあ、飯に鳥鍋の鳥や野菜を掛けてやるんだね」

「合点です。今、美味《うま》い鳥丼を作ってやるからな、待っていな」

音次郎は云い聞かせた。

大きな野良犬は、座ったまま嬉しげに尻尾を振って吠えた。

半兵衛と半次は苦笑し、酒を飲んだ。


一刻（二時間）程が過ぎ、半次と音次郎は帰った。

半兵衛は、その後も囲炉裏の傍らで酒を飲んだ。

大きな野良犬は、土間の隅で軽い寝息を立てて眠っていた。

腹も一杯になり、安心して眠っている。

此のまま居着く気か……。

半兵衛は苦笑した。

囲炉裏の火は小さくなった。


犬が吠えた。

半兵衛は、眼を覚ました。

寝間の障子には、雨戸の隙間や節穴《ふしあな》から差し込む朝陽が映えていた。

雨戸が小さく叩かれた。

廻《まわ》り髪結《かみゆい》の房吉《ふさきち》だ。

「開いているよ」

半兵衛は、起き上がって蒲団《ふとん》を片付けた。

房吉が、雨戸を開けて顔を見せた。

「おはようございます」

「やあ、おはよう。顔を洗って来る」

「はい。仕度をしています」

房吉は、鬢盥《びんだらい》を持って縁側にあがった。

「うん」

「旦那、犬を飼ったのですか……」

「いや。未だ飼うと決めた訳じゃあない」

「旦那、そいつは手遅れのようですよ」

「手遅れ……」

「ええ。あの犬、もう白縫家の犬だって顔をして、あっしに吠えてきましたよ」

房吉は笑った。

「まさか……」

半兵衛は、手拭《てぬぐい》と房楊枝《ふさようじ》を持って井戸端に出て行った。


大きな野良犬は、半兵衛に駆け寄って一声吠えた。

「おう……」

半兵衛は、歯を磨いて顔を洗った。

大きな野良犬は、傍《かたわ》らに座って大きく尻尾を振っていた。

手遅れか……。

半兵衛は、房吉の言葉を噛み締めた。

音次郎は、大きな野良犬の身体を井戸端で洗った。

大きな野良犬の毛は白かった。

「旦那、こいつはきっと秋田犬ですぜ」

音次郎は、日髪日剃《ひがみひぞり》をしている半兵衛の前に大きな野良犬を連れて来た。

大きな野良犬は、音次郎に洗って貰って小綺麗な顔をしていた。

「秋田犬……」

「耳が立っていて尻尾が巻いている。餓鬼の頃、見た事があります」

「秋田犬って出羽《でわ》の秋田の犬か……」

「はい。で、名前、決めましたか……」

「名前……」

「未だ決めていないのなら、しろってのにしませんか……」

「しろか。ま、良いだろうが……」

半兵衛は眉をひそめた。

「よし、決まった。今日からお前はしろだぜ。いいな、しろ……」

音次郎は、大きな野良犬に云い聞かせた。

大きな野良犬しろは、野太い声で嬉しげに吠えた。

房吉は、半兵衛の髷《まげ》を結いながら笑った。

やはり、手遅れのようだ……。

半兵衛は、観念したように眼を瞑《つぶ》った。

音次郎としろは、楽しげに戯れ合った。


半兵衛は、組屋敷にしろを残し、半次や音次郎と北町奉行所に出仕した。

北町奉行所が非番でも、定町廻りや臨時廻りの同心たちは、月番の時と変わらず市中見廻りをする。

半兵衛は同心詰所に顔を出し、半次や音次郎と市中見廻りに行く為、北町奉行所を出た。


外濠は煌《きら》めき、水鳥が遊んでいた。

半兵衛たちは、北町奉行所を出て外濠に架かる呉服橋御門を渡った。

犬が吠えた。

半兵衛、半次、音次郎は、犬が吠えた方を見た。

呉服橋御門の袂《たもと》で、しろが尻尾を大きく振っていた。

「しろ……」

音次郎は、弾んだ声をあげた。

しろは吠え、音次郎に駆け寄った。

「御屋敷に閉じ込めて来たんですがね」

半次は眉をひそめた。

「相手は犬だ。何処《どこ》から出入りするか分からないさ」

半兵衛は苦笑した。

町奉行所同心の組屋敷でも百坪程はあり、二十五坪程の母屋《おもや》の他は庭になる。廻されている板塀は古く、人の出入りは無理でも、犬なら出入り出来る処があるのだ。

「それにしても、良く此処迄《ここまで》来ましたね」

半次は、音次郎と戯れ合っているしろに感心した。

「犬は鼻が利くからね。音次郎の匂いでも追って来たのだろう」

「で、どうします、見廻り……」

「連れて行くより仕方があるまい。音次郎、しろに縄を付けろ」

　半兵衛は命じた。

　しろは、捕り縄を胸から両前足を通して背で結ばれ、縄尻を音次郎に取られて進んだ。

　半兵衛と半次は、音次郎としろに続いて神田川《かんだがわ》に架かる昌平橋《しょうへいばし》を渡り、神田明神に向かった。

　神田明神の境内《けいだい》は、参拝客で賑わっていた。

　半兵衛と半次は、境内の茶店の縁台《えんだい》に腰掛けて茶を飲んだ。

　茶店の横手では、音次郎としろが大福餅を分け合っていた。

「父っつあん、どうやら変わった事はないようだね」

　半次は、茶店の老亭主に訊いた。

「ああ。お蔭さまで、今日も静かなもんだよ」

　老亭主は、歯のない口元を綻《ほころ》ばせた。

「そいつは何よりだね」

　半次は笑った。

半兵衛は、茶を飲みながら行き交う参拝客を眺めていた。

犬が吠えた。

「しろ……」

音次郎の慌てた声がした。

半兵衛と半次は茶店を出た。

「どうした、しろ。大人しくしろ」

参道では、音次郎が羽織袴の中年武士に牙を剝《む》いて唸っているしろを、懸命に押えていた。

羽織袴の中年武士は、刀の柄《つか》を握り締めてしろを睨み付けていた。

「どうした、音次郎……」

半兵衛は、中年武士の抜き打ちを邪魔をする位置を取った。

「は、はい。しろが急に吠えだして……」

音次郎は、今にも中年武士に飛び掛からんばかりのしろを必死に押えていた。

「そうか。いや、うちの犬が無礼を働き、申し訳ござらぬ。此の通りです。御容赦下さい」

半兵衛は、中年武士に頭を下げて詫びた。

「うむ……」

中年武士は、しろを睨み付けて足早に立ち去った。

しろは吠え、中年武士を追い掛けようとし、縄尻を取って押える音次郎を引《ひ》き摺《ず》った。

「駄目だ、しろ。大人しくしろ……」

「しろ……」

半次は、音次郎と一緒にしろを押えた。

中年武士は、鳥居を潜って神田明神を出て行き、その姿を消した。

しろは、哀しげに鳴いて座り込んだ。

音次郎は、安堵《あんど》の吐息を洩らした。

「音次郎、しろはあの侍を見て吠えたのだな」

「はい。で、牙を剝いて飛び掛かろうとしたんです」

「侍が何もしないのにか……」

「はい……」

「何もしないのに、しろが牙を剝いたか……」

半兵衛は眉をひそめた。

「どう云う事ですかね」

半次は首を捻った。

「しろはあの侍を知っているんだ」

「知っている……」

「うん。それも自分の敵としてね」

半兵衛は読んだ。

「しろの敵……」

半次は眉をひそめた。

「牙を剝いたのが、何よりの証拠だ」

半兵衛は頷いた。

「何者なんですかね。あの侍……」

音次郎は、羽織袴の中年武士が立ち去った方を眺めた。

「追ってみるか……」

「追うと云っても……」

半次は戸惑った。

「なあに、私たちは分からなくても、しろは分かるかもな」

「しろが……」

「うん……」

半兵衛は、しろの前にしゃがみ込んだ。

「しろ、さっきの侍の匂いを追えるかな」

しろは、尻尾を振って吠えた。

「よし。追え……」

半兵衛は命じた。

しろは、勇んで立ち上がり、参道を鳥居に向かった。

「行くよ」

半兵衛、半次、音次郎は続いた。

しろは、地面に鼻を鳴らして匂いを嗅ぎながら進んだ。

「偉いぞ、しろ、その調子だ」

音次郎は、しろに結んだ縄の縄尻を取って励ました。

しろは、地面に鼻を擦り付けんばかりに匂いを辿《たど》った。

半兵衛たちは続いた。

しろは、湯島《ゆしま》から本郷《ほんごう》の通りに進んだ。

音次郎はしろの縄尻を取り、半次と半兵衛が続いた。

しろは、本郷三丁目の辻を西に曲がり、御弓町《おゆみちょう》に進んだ。

御弓町には武家屋敷が連なっている。

しろは、その武家屋敷の連なりの前で立ち止まり、或《あ》る屋敷に向かって吠えた。

「旦那……」

音次郎は、半兵衛を振り返った。

「うむ。あの侍、どうやら此の屋敷に入ったようだな」

半兵衛は、武家屋敷を窺った。

「じゃあ、何様の屋敷か調べてみますか……」

半次は辺りを見廻し、屋敷の前の掃除をしている中間《ちゅうげん》に駆け寄って行った。

「音次郎、しろを連れて裏の寺に行っていろ」

しろが吠えて、中年の武士に気付かれてはならない。

半兵衛は指示した。

「はい。さあ、しろ、行くよ」

音次郎は、しろを連れて裏の寺に向かった。

「旦那……」

半次が、中間の許から戻って来た。

「分かったかい……」

「はい。此処は出羽国は大畠《おおはた》藩の江戸中屋敷だそうです」

「出羽国大畠藩……」

半兵衛は、大畠藩江戸中屋敷を眺めた。

二

しろが吠えた中年の武士は、出羽国大畠藩の家臣なのか……。

そして、出羽国大畠藩とはどのような大名家なのか……。

半兵衛は、出羽国大畠藩に興味を持った。

「出羽国と云えば、しろも出羽国の犬ですね」

半次は、しろが出羽国大畠藩の家臣と思われる中年の武士を敵視し、吠え掛かったのに何らかの拘《かか》わりがあると読んだ。

「うむ。ま、何事も中年の侍が大畠藩の家臣だと見定めてからだ」

半兵衛は、中年の武士が大畠藩江戸中屋敷にいるかどうか見定めるよう、半次に命じた。

「私は、奉行所に戻り、大畠藩がどんな大名かちょいと調べてみる」

「承知しました」

半次は頷いた。

「じゃあ、音次郎をこっちに戻し、私はしろを連れて行くよ」

「はい……」

半次は頷いた。

半兵衛は、大畠藩江戸中屋敷の裏にある寺に向かった。


寺は、境内の狭い小さく古いものだった。

音次郎は、狭い境内の木陰から大畠藩江戸中屋敷の裏門を眺めていた。

しろは捕り縄を外され、音次郎の傍に寝そべっていた。

菅笠《すげがさ》を目深《まぶか》に被《かぶ》った人足が、大畠藩江戸中屋敷の裏の土塀沿いの小道をやって来た。

寝そべっていたしろが立ち上がり、やって来る人足を見詰めた。

「どうした……」

音次郎はしろの視線を追い、やって来る菅笠を目深に被った人足に気が付いた。

「知っている奴か……」

音次郎は、菅笠を目深に被った人足を見守った。

「音次郎……」

半兵衛がやって来た。

人足は立ち止まり、菅笠を僅《わず》かにあげて半兵衛を見た。

刹那《せつな》、しろが吠えた。

人足は、慌てて身を翻《ひるがえ》して逃げた。

しろは、吠えながら人足を追った。

「しろ、どうした。待て、しろ」

音次郎は追った。

半兵衛は戸惑った。

人足は土塀の角を曲がり、しろも追って消えた。

音次郎は、追って土塀の角を曲がった。

半兵衛は眉をひそめた。

音次郎が、小走りに戻って来た。

「旦那……」

「見失ったか……」

「はい。人足もしろも……」

音次郎は、悔しげに人足としろの消えた土塀の角を見た。

「誰なんだ、あの人足……」

「分かりません。しろが急に吠えて……」

音次郎は眉をひそめた。

「そうか。ま、しろなら戻って来るだろう。表に行き、半次と中年の侍が此の屋敷にいるかどうか見定めろ」

「合点です」

音次郎は、大畠藩江戸中屋敷の表に向かった。

人足はどうして逃げたのか……。

巻羽織の私を町奉行所の同心と見ての事なのかもしれない。

もし、そうだとしたなら、人足は何らかの悪事を働いている可能性がある。

そして、しろはどうして追ったのか……。

ひょっとしたら、人足は大畠藩に拘わりがある者なのかもしれない。

半兵衛は、想いを巡らせた。

いずれにしろ、出羽国大畠藩には何かがありそうだ。

半兵衛は睨んだ。


半次は、大畠藩江戸中屋敷の向かい側にある旗本屋敷の中間頭に金を握らせ、中間長屋を借りて、音次郎と見張りについた。

音次郎は、しろが人足を追っていなくなった事に落ち込んでいた。

「心配するな。しろは戻って来るさ」

半次は慰《なぐさ》めた。

「はい……」

「親分、大畠藩の馬鹿な兄上さま、又何かやったのかい……」

中間頭は茶を淹《い》れ、半次と音次郎に差し出した。

「こいつは済まないね。誰だい、馬鹿な兄上さまってのは……」

「大畠藩のお殿さまの腹違いの兄上さまだよ」

「へえ、大畠藩の中屋敷には、殿さまの腹違いの兄上さまがいるのかい」

「ああ。そいつが威張り腐った奴でね。おまけに情け容赦のない乱暴者で酒と女が大好きときたもんだ」

中間頭は、嘲《あざけ》りを浮かべた。

「へえ、その絵に描いたような馬鹿、何て名前なんだい」

「竜之介《りゅうのすけ》だぜ」

「竜之介……」

半次は眉をひそめた。

「ああ、内藤《ないとう》竜之介だよ」

「内藤竜之介ねえ、そいつが此処で暮らしているのか……」

出羽国大畠藩江戸中屋敷には、殿さまの腹違いの兄である内藤竜之介が側近の者たちと暮らしていた。

「親分、中年の侍です……」

大畠藩江戸中屋敷を見張っていた音次郎が、窓辺から呼んだ。

半次と中間頭は、音次郎のいる窓の傍に寄った。

窓の外の道には、大畠藩江戸中屋敷から出掛けて行く中年の武士が見えた。

「知っているかい……」

「ああ、野郎、小沼仙八郎《こぬませんぱちろう》って竜之介の使いっ走りだぜ」

中間頭は、侮《あなど》りを浮かべて告げた。

「小沼仙八郎か。世話になったね。又、頼むぜ。じゃあ……」

半次と音次郎は、旗本屋敷の中間長屋を出て小沼仙八郎を追った。


北町奉行所同心詰所は、見廻りに出ている定町廻りや臨時廻りの同心たちが未だ戻っておらず、閑散としていた。

半兵衛は、大名家の武鑑《ぶかん》を手に取って出羽国大畠藩を調べた。

出羽国大畠藩は三万石であり、藩主内藤采女正《うねめのしょう》は二十歳になったばかりの若い大名だった。

采女正は正室の産んだ嫡子《ちゃくし》であり、側室の産んだ庶子《しょし》の兄竜之介を差し置いて四年前に藩主の座に就《つ》いていた。

いろいろありそうな大名家だな……。

半兵衛は、武鑑を読み続けた。

大畠藩の江戸上屋敷は愛宕下大名小路《あたごしただいみょうこうじ》にあり、本郷御弓町の中屋敷の他に下《した》谷三味線堀《やしゃみせんぼり》に下屋敷があった。

半兵衛は、大畠藩の内情を良く知る者を捜す事にした。


愛宕下大名小路に人通りはなかった。

小沼仙八郎は、尾行を警戒する様子もなく本郷から愛宕下に来た。

半次と音次郎は、後先を交代する事もなく尾行《つけ》て来ていた。

小沼は、愛宕下大名小路に連なる大名屋敷の一つに入った。

半次と音次郎は見届けた。

「大畠藩の江戸屋敷ですかね」

「うん。おそらく上屋敷だろうな」

半次は睨んだ。

「どうします」

「ま、事件って訳じゃあないし、此迄だ」

「じゃあ、あっしはしろを捜して来て良いですか……」

音次郎は身を乗り出した。

「構わないよ」

「ありがとうございます」

音次郎は、嬉しげに頭を下げた。

「気を付けていきな」

「はい。じゃあ、御免なすって……」

音次郎は、身を翻して本郷に駆け戻って行った。

半次は苦笑し、半兵衛がいる筈の北町奉行所に向かった。


蕎麦屋は空いていた。

半兵衛と半次は、北町奉行所で落ち合って一石橋《いちこくばし》の袂の蕎麦屋の暖簾《のれん》を潜った。

「いたのか、中年の侍……」

半兵衛は、蕎麦屋の老亭主に酒と肴《さかな》を注文して半次に尋ねた。

「はい。小沼仙八郎と云いまして、大畠藩の家臣でした」

「やはりな。で、どんな奴なんだい」

「大畠藩の中屋敷には、殿さまの腹違いの兄上ってのが暮らしていましてね」

「内藤竜之介か……」

「はい。その側近だそうです」

半次は、半兵衛が大畠藩に関して調べを進めているのを知った。

「お待ちどおさま……」

老亭主が、酒と肴を持って来た。

「おう……」

半次は、徳利《とつくり》を受け取って半兵衛に酌をし、手酌で己の猪口《ちよこ》を満たした。

半兵衛と半次は酒を飲んだ。

「して、竜之介はどんな奴かな」

「向かいの旗本屋敷の中間頭の話じゃあ、威張り腐った情け容赦のない乱暴者で、酒と女も大好きだそうです」

「一通り取り揃えているようだな……」

半兵衛は苦笑した。

「ええ。絵に描いたような馬鹿殿さまでして、小沼仙八郎はその使いっ走りだとか……」

半次は、嘲りを過《よ》ぎらせた。

「それで旦那、大畠藩、どんな藩ですか……」

「うん。殿さまは内藤采女正って二十歳の若者でね。四年前、三歳年上の竜之介を差し置いて内藤家の家督を相続していたよ」

「威張り腐った竜之介じゃあなくて、家中の人たちや領民たちは、ほっとしたでしょうね」

「おそらくね。ま、竜之介の人柄からすれば、すんなりとはいかず、いろいろあっただろうと思うがね」

半兵衛は、苦笑しながら手酌で酒を飲んだ。

「そうでしょうね……」

半次は頷いた。

「処《ところ》で旦那、そんな大名家の家来の小沼仙八郎としろ、どんな拘わりがあるのですかね」

「分からないのはそこだが、しろが小沼仙八郎を敵と思っているのは間違いない。ひょっとしたら、中屋敷の竜之介も絡んでいるかもしれないな」

半兵衛は読んだ。

「そうか……」

「竜之介が……」

半次は眉をひそめた。

「うむ……」

半兵衛は、厳しい面持ちで頷いた。

本郷御弓町を中心に小石川《こいしかわ》、湯島《ゆしま》、谷中《やなか》……。

音次郎は、しろを捜して歩き廻った。だが、しろは何処にもいなく、見付ける事は出来なかった。

しろは何処に行ったのか……。

逃げた菅笠を被った人足は、しろとどのような拘わりがあるのか……。

音次郎は、神田明神門前の茶店で一休みをし、茶を飲んだ。

小沼仙八郎が、眼の前を通って湯島の通りを本郷に向かって行った。

小沼仙八郎……。

音次郎は気付いた。

小沼仙八郎の処にしろが現れるかもしれない……。

音次郎は、不意にそう思って小沼仙八郎を追った。

小沼仙八郎は、本郷の通りを進んだ。
本郷御弓町の大畠藩江戸中屋敷に帰る……。
音次郎は読み、しろが現れるのを期待して小沼を追った。
小沼は、本郷三丁目の辻を西に曲がった。
刹那、菅笠を被った人足が現れ、小沼の背中に体当たりをした。
人足の手許が煌めいた。
小沼は棒立ちになり、顔を激しく歪《ゆが》めた。
音次郎は戸惑った。
人足は、小沼から離れた。その手には血に塗《まみ》れた匕首《あいくち》があった。
小沼は背から血を滴《したた》らせ、その場に膝から落ちて前のめりに倒れた。
通り掛かった人の悲鳴があがり、人足は身を翻した。
音次郎は、慌てて呼子笛《よぶこぶえ》を吹き鳴らし、人足を追い掛けようとした。
小沼が苦しく呻《うめ》き、僅《わず》かに踠《もが》いた。
音次郎は、人足を追うのを止めて小沼に駆け寄った。
「おい。しっかりしろ。誰か、医者だ、お医者を呼んでくれ」

音次郎は、恐ろしげに見守る者たちに怒鳴った。

木戸番が走った。

「な、なお……」

小沼は、苦しげに言葉を洩らした。

「何だ、何て云ったんだ」

音次郎は聞き返した。

「な、なおきち……」

小沼は、苦しげな嗄《しやが》れ声で云い残して気を失った。その手は薄汚れた手拭《てぬぐい》を摑《つか》んでいた。

「なおきち……」

音次郎は眉をひそめた。

木戸番が、医者を連れて来た。

音次郎は、小沼の摑んでいる手拭を取って懐《ふところ》に入れた。そして、木戸番と小沼を傍の真光寺《しんこうじ》に担ぎ込み、医者に診せた。

音次郎は、駆け付けて来た自身番の者たちに後を任せ、半兵衛と半次に報せに走った。

囲炉裏の火は、半兵衛、半次、音次郎の影を揺らした。

音次郎は、弾む息を鎮めながら報せた。

「小沼仙八郎が刺された……」

半兵衛は眉をひそめた。

「はい。しろに追われて逃げた菅笠を被った人足に……」

「あいつか……」

半兵衛は、大畠藩江戸中屋敷の裏手での出来事を思い出した。

あの時、人足が逃げたのは、小沼仙八郎の命を狙っていたからかもしれない。

半兵衛は気付いた。

「はい。で、小沼仙八郎はこの手拭を摑んでいました」

音次郎は、薄汚れた手拭を差し出した。

半兵衛は、手拭を広げた。

手拭の端には、〝直吉〟と書かれた文字が掠《かす》れていた。

「直吉か……」

半兵衛は読んだ。

「直吉って。旦那、小沼は直吉と云って気を失いましたぜ」

音次郎は思い出した。

「うん。おそらく菅笠を被った人足の名前だろう」

「じゃあ、小沼仙八郎と菅笠を被った直吉は知り合いですか……」

半次は読んだ。

「間違いあるまい……」

半兵衛は頷いた。

「到頭《とうとう》、事件に絡みましたね……」

半次は、厳しさを滲《にじ》ませた。

「ああ……」

半兵衛は苦笑した。

小沼仙八郎が刺され、大畠藩の者たちはどうするのか……。

「よし。明日から大畠藩江戸中屋敷の動きを見張り、直吉の足取りを追うよ」

「はい……」

半次と音次郎は頷いた。

勝手口の板戸が叩かれ、犬の野太い吠え声がした。

「しろだ……」

音次郎は、土間に降りて勝手口の板戸を開けた。

しろが飛び込んで来た。

「何処に行っていたんだ、しろ」

音次郎は喜びを露わにして、しろを抱き締めた。

しろは、音次郎の顔を舐め回した。

「音次郎、しろは腹を空かせていないか……」

半兵衛は苦笑した。

「は、はい。しろ、腹、減っているか……」

音次郎は、しろに訊いた。

しろは吠えた。

「そうか、腹減っているか、よし、待っていろ。直ぐ仕度をしてやる」

音次郎は、しろの飯の仕度を始めた。

しろは土間に座り、尻尾を振って待った。

「何処に行っていたんですかね」

「音次郎、直吉が小沼を刺した時、しろはいなかったのだな」

「はい……」

「そうか……」

しろは、大畠藩江戸中屋敷の裏に現れた直吉を追った。そして、直吉が小沼仙八郎を刺した時にはいなかった。

しろは、直吉と一緒ではなかった。

半兵衛は読んだ。

「さあ、出来たぞ……」

音次郎は、飯に朝の残りの干物《ひもの》の鯵《あじ》を千切って載せて味噌汁を掛け、しろに差し出した。

しろは、嬉しげに食べ始めた。

「よし。じゃあ、私たちも晩飯にするか……」

半兵衛は笑った。


人々は何事もなかったかのように、本郷三丁目の辻を行き交っていた。

半兵衛は、半次や音次郎と捕り縄を付けたしろを小沼仙八郎が刺された処に連れて来た。

しろは、血の残臭を嗅ぎ取ったのか低く吠えた。

半兵衛は、直吉と掠れた文字で書かれた薄汚れた手拭を出した。

「よし。しろ、この手拭の匂いをしっかりと嗅ぐんだ……」

半兵衛は、直吉の手拭の匂いをしろに嗅がせた。

しろは、直吉の手拭の匂いを嗅いで吠えた。

「よし。匂いを辿り、直吉を追え」

半兵衛は、しろに云い聞かせた。

しろは吠え、辺りをぐるぐると廻り、本郷の通りを北に向かった。

音次郎が、しろに付けた捕り縄の縄尻を持って続いた。

「半次、直吉は私と音次郎が追う。お前は小沼仙八郎の生死を見極め、大畠藩江戸中屋敷の動きを見張ってくれ」

「承知しました」

半次は頷いた。

「じゃあな……」

半兵衛は、しろと音次郎に続いた。

しろは、地面に鼻を擦り付けて本郷の通りを進んだ。

三

大畠藩江戸中屋敷は表門を閉めていた。

半次は、向かい側の旗本屋敷の中間長屋に入り、窓から大畠藩江戸中屋敷を見張った。

「親分、小沼仙八郎、刺されたそうだな」

中間頭は、面白そうに訊いて来た。

「ああ。で、どうだい、中屋敷の様子は……」

「何だか、護りが厳しくなったようだぜ」

護りが厳しくなったと云う事は、小沼仙八郎が刺されたのが、小沼個人ではなく中屋敷絡みの事情があるからなのか。

大畠藩中屋敷絡みとなると、威張り腐って情け容赦のない内藤竜之介が拘わっているのかもしれない。

半次は読んだ。

薬籠《やくろう》を提《さ》げた町医者が、大畠藩江戸中屋敷の潜り戸から出て来た。

小沼仙八郎の往診に来た町医者だ。

町医者が往診に来ている限り、小沼仙八郎は死んではいない。

半次は推し測った。

「で、小沼を刺した野郎、何処の誰か分かっているのかい」

中間頭は、面白そうに訊いて来た。

「ああ。何処に隠れているのかは分からないがな」

「そうか。それで大畠藩の奴らも二人一組で、刺した野郎を捜しに出掛けたのかな」

中間頭は睨んだ。

「へえ。大畠藩の家来、二人一組で出掛けたのか……」

半次は眉をひそめた。

「ああ。四人が二組に分かれて朝早くに出掛けて行ったぜ」

「そうか……」

竜之介は、小沼を刺した者が直吉だと気付いて追手を放ったのだ。

直吉の一番の狙いは、内藤竜之介なのかもしれない。

もし、そうだとしたなら何故だ……。

半次は、想いを巡らせた。

しろは、音次郎を引っ張るように本郷の通りを北に進んだ。

半兵衛は続いた。

加賀《かが》国金沢《かなざわ》藩江戸上屋敷と三河《みかわ》国岡崎《おかざき》藩の江戸下屋敷の間を抜け、しろは直吉の匂いを辿って追分《おいわけ》を東に進んだ。

その道は、根津《ねづ》、千駄木《せんだぎ》、谷中に通じている。

直吉は、そうした処の何処かに潜んでいるのか……。

半兵衛は読んだ。

しろは、地面の匂いを辿って千駄木に出た。

音次郎と半兵衛は続いた。

千駄木に出たしろは、二又道の匂いを嗅ぎ廻り、団子坂《だんござか》に向かった。

団子坂の北には、僅かな町家と武家屋敷などがあり、広がる田畑の向こうには道灌山《どうかんやま》が見えた。

しろは、団子坂の辻で立ち止まった。

「どうした、しろ……」

音次郎は、団子坂の辻で立ち止まり、辺りの匂いを嗅ぎ廻るしろに声を掛けた。

半兵衛は見守った。

しろは、団子坂の辻を廻り、哀しげな鳴き声をあげた。

直吉の匂いを見失った……。

半兵衛は気付いた。

「旦那、どうやら此処迄《ここまで》のようですね」

音次郎は肩を落とした。

「うん。やあ、御苦労だったな、しろ」

半兵衛は、しゃがみ込んでしろの首を撫でて労《ねぎら》った。

しろは、尻尾を振って野太い声で吠えた。

「何処にいるんですかね、直吉……」

音次郎は、眉をひそめて辺りを見廻した。

団子坂には小鳥の囀《さえず》りが響き、長閑《のどか》な風景が広がっていた。

「よし。一廻りしてみるか……」

半兵衛は告げた。

「はい。行くぞ、しろ」

音次郎は、しろを促《うなが》して団子坂を進んだ。

半兵衛は続いた。

小鳥の囀りは響いた。


大畠藩江戸中屋敷に変わりはなかった。

半次は、見張り続けた。

「竜之介の奴、小沼の次に狙われると思って隠れているようだな」

中間頭は嗤《わら》った。

「竜之介、いつもは違うのか……」

半次は訊いた。

「ああ。時々、頭巾《ずきん》を被り、小沼たちを従えて出掛けていたぜ」

「酒と女かい……」

半次は読んだ。

「ま、そんな処なんだろうが、何処に行っても面倒を起こし、藩の厄介者《やっかいもの》だそうだぜ」

「藩の厄介者か……」

「うん。二月《ふたつき》前迄国許の大畠に行っていたんだけど、いろいろ面倒を起こして帰って来たって噂だぜ」

「へえ。国許の大畠で、面倒をね……」

半次は眉をひそめた。

「ああ。働きもしないで飯が食える結構な御身分なのに、どうしようもない馬鹿だぜ」

中間頭は蔑《さげす》んだ。


千駄木の田畑の緑は、吹き抜ける風に大きく揺れていた。

半兵衛は、音次郎やしろと田畑に点在する百姓家や寺を廻った。だが、直吉は何処にもいなかった。

しろが吠えた。

半兵衛は、しろが唸りをあげて見詰めている寺の土塀の陰を窺った。

二人の羽織袴の武士が、寺の土塀の陰から出て来た。

「何をしている……」

二人の武士は、居丈高《いたけだか》に半兵衛たちを見咎《みとが》めた。

「お前さんたちは、何をしているのかな」

半兵衛は嗤った。

「なに……」

二人の武士は身構えた。

「私たちは見ての通りの御役目だ。何をしているのか答えなければ、北町奉行所に来て貰う事になるよ」

「黙れ、我らはさる大名家の家臣、主《あるじ》に仇《あだ》なす者を捜している。町奉行所にとやかく云われる筋合いではない」

武士の一人は嘲笑した。

「ほう。大名家の家臣が主に仇なす者を捜しているとは、徒事《ただごと》じゃありませんな」

「それ故、邪魔立てするな……」

「邪魔立てするかしないかは、大目付《おおめつけ》さまに訊いてからだよ」

半兵衛は苦笑した。

「大目付……」

二人の武士は、微《かす》かに怯《ひる》んだ。

大目付は、諸大名の行動を監察するのが役目である。

「如何《いか》にも。大目付さまに届けが出されていれば、我ら町奉行所も社寺を支配する寺社奉行も邪魔立てはしない。しかし、届けが出されていなければ……」

半兵衛は嘲りを浮かべた。

「おのれ……」

「もういい。行くぞ、柏木《かしわぎ》……」

武士の一人が身を翻した。

「ま、待て。沢田《さわだ》……」

柏木と呼ばれた武士は、慌てて沢田を追った。

「追いますか……」

音次郎は、半兵衛の指図を待った。

「うん、気を付けてな。私はもう少しこの辺を捜してみる」

「はい。しろ、しっかり旦那のお手伝いをするんだぞ」

音次郎はしろに云い聞かせ、縄尻を半兵衛に渡して沢田と柏木を追った。

柏木と沢田は、おそらく大畠藩の家来であり、直吉を捜しているのだ。

半兵衛は読んだ。

となると、やはり直吉は此の辺りにいるのかもしれない。

「よし。しろ、直吉を捜そう……」

半兵衛は、しろに話し掛けた。

しろは、尻尾を振って吠えた。

半兵衛は、しろと共に谷中に向かった。


小川に架かっている小橋を渡った時、しろは吠えた。

「どうした、しろ……」

半兵衛は戸惑った。

しろは、地面の匂いを嗅ぎ廻った。

直吉の匂いに出逢った……。

半兵衛は気付いた。

しろは、小川沿いの小道に進んで半兵衛に吠えた。

「よし。行け……」

半兵衛は指示した。

しろは、地面の匂いを嗅ぎながら小川沿いの小道を道灌山に向かった。
半兵衛は続いた。
小さな百姓家が、しろの行く手に見えた。
しろは吠え、小さな百姓家に勢い良く進み始めた。
直吉がいるのか……。
半兵衛は、油断なく進んだ。

小さな百姓家の軒《のき》は傾き、雑草に囲まれていた。
空き家か……。
半兵衛は睨んだ。
しろは、小さな百姓家の板戸の前に進んだ。
半兵衛は続き、小さな百姓家の中の気配を窺った。
小さな百姓家の中に、人の気配は窺えなかった。
誰もいない……。
半兵衛は板戸を開け、小さな百姓家の土間に踏み込んだ。
しろは続いた。

小さな百姓家の中は、薄暗くて黴臭《かびくさ》かった。

半兵衛は透かし見た。

土間に続いて板の間があり、畳のあげられた部屋が奥にあった。

しろは、土間から板の間、奥の部屋の匂いを嗅ぎ廻った。

半兵衛は、板の間の囲炉裏を検《あらた》めた。

囲炉裏には真新しい灰があった。

今も使われている……。

半兵衛は、板の間の隅に蓋《ふた》をした鍋があるのに気付いた。

半兵衛は、鍋の蓋を開けた。中には冷たくなった残り飯があった。

誰かが潜んでいる……。

半兵衛は、潜んでいる者を直吉だと睨んだ。

直吉……。

直吉は、此処に潜んで大畠藩家臣の小沼仙八郎を襲った。そして、今も何かをしようと企《くわだ》てているのかもしれない。

もし、そうなら企てとは何か……。

半兵衛は、想いを巡らせた。

しろは囲炉裏端に座り、盛んに辺りの匂いを嗅いでいた。


羽織袴の武士、柏木と沢田は本郷御弓町に進んだ。

音次郎は、慎重に後を尾行《つけ》た。

柏木と沢田は、御弓町の武家屋敷街を進んで大畠藩江戸中屋敷に近付いた。


羽織袴の二人の武士が、大畠藩江戸中屋敷の潜り戸を入った。

「何者かな……」

半次は、窓辺に一緒にいた中間頭に訊いた。

「先に入ったのが沢田で次が柏木だ」

「沢田と柏木か……」

「ああ。二人共、小沼と同じ竜之介の取り巻きで、今朝、出掛けた奴らだ」

中間頭は告げた。

「御免なすって……」

音次郎が、中間長屋に入って来て中間頭に挨拶をした。

「どうした……」

半次は迎えた。

「今、大畠藩の中屋敷に入った野郎たちを見ましたか……」

「ああ、沢田と柏木って野郎で、竜之介の取り巻きだそうだ。奴らを追って来たのか……」

「はい。千駄木で直吉を捜していて遭いましてね。何処の奴か突き止めようと。やっぱり、大畠藩の野郎でしたか……」

「って事は、沢田と柏木も直吉を捜していたのかな」

半次は読んだ。

「きっと……」

音次郎は頷いた。

「親分、妙な野郎が来たぜ」

窓辺にいた中間頭が、半次に報せた。

「妙な野郎……」

半次は、素早く窓を覗《のぞ》いた。

音次郎が続いた。

菅笠を目深に被った人足が、大畠藩江戸中屋敷の前にやって来た。

「直吉です」

音次郎は、人足が直吉だと見抜いて意気込んだ。

直吉は、辺りを窺って物陰に入り、大畠藩江戸中屋敷の見張りを始めた。

「直吉、中屋敷を見張るつもりだぜ」

半次は眉をひそめた。

「どうします」

「うん。何をする気か見届けるぜ」

半次は決め、直吉を見張った。

四半刻（三十分）が過ぎた頃、羽織袴の二人の武士がやって来た。

「今朝出掛けた大畠藩の鳥居《とりい》と木島《きじま》だ」

中間頭は告げた。

「竜之介の取り巻きかい……」

「ああ……」

鳥居と木島は、疲れたような足取りで帰って来た。

物陰に潜んでいる直吉は、鳥居と木島を睨み付けて懐に手を入れた。

「音次郎……」

半次は、音次郎を促して中間長屋を出た。


鳥居と木島は、物陰に潜んでいる直吉に気付かず、大畠藩江戸中屋敷の潜り戸に向かった。

直吉は物陰を出て、匕首を構えて木島の背後を襲った。

刹那、木島は振り向いた。

直吉の匕首は、振り向いた木島の顔面を斬った。

木島は悲鳴をあげ、顔から血を飛ばして腰を抜かした。

「お、おのれ……」

鳥居は、慌てて刀を抜こうとした。

直吉は素早く逃げた。

「待て……」

鳥居は、直吉を追った。

半次と音次郎は、旗本屋敷から飛び出して続いた。

大畠藩江戸中屋敷から中間小者たちが現れ、顔から血を流して無様に悲鳴をあげている木島に駆け寄った。

「様《ざま》はねえや……」

旗本屋敷の中間頭は嘲笑した。

直吉は、大畠藩江戸中屋敷の裏の寺の境内を駆け抜け、雑草の生い茂る明地に逃げ込んだ。

明地《あけち》の雑草は膝まで生い茂り、所々に木があった。

鳥居は、追って明地に走り込んだ。

直吉は雑草の中を走り、木の陰に隠れた。

鳥居は、刀を抜いて直吉が隠れた木に忍び寄った。

半次と音次郎が、明地に駆け付けた。

「親分……」

音次郎が、刀を構えて木に忍び寄る鳥居を指差した。

「行くぞ」

半次と音次郎は明地に入り、生い茂る雑草の中を木に向かって走った。

鳥居は、刀を構えて木の裏に廻った。

そこに直吉はいなかった。

鳥居は戸惑った。

次の瞬間、生い茂る雑草の中から飛び出した直吉が、匕首を鳥居の太股《ふともも》に叩き込んだ。

鳥居は、悲鳴をあげて仰《の》け反《ぞ》り倒れた。

「旦那さまの無念、思い知れ」

直吉は、声を震わせて怒鳴り、匕首を振り翳《かざ》した。

鳥居は、悲鳴をあげて頭を抱えた。

「止めろ」

半次と音次郎が駆け寄って来た。

「助けて、助けてくれ」

鳥居は、血の流れる脚を引《ひ》き摺《ず》って這いずり、逃げた。

直吉は身を翻し、雑草の中を逃げた。

半次と音次郎は、太股から血を流して踠いている鳥居に駆け寄った。

「親分、直吉を……」

音次郎は、辺りを見廻した。

直吉の姿は見えず、生い茂る雑草が僅かに揺れているだけだった。

「いや。それより、こっちだ」

半次は、へたり込んで荒く息を鳴らしている鳥居を示した。

「えっ……」

音次郎は戸惑った。

次の瞬間、半次は十手で鳥居の頭を殴った。

鳥居は、呆気《あっけ》なく気絶した。

「親分……」

「音次郎、直吉が旦那さまの無念と云ったのを聞いたかい……」

「は、はい……」

「先《ま》ずは、そいつが何か半兵衛の旦那に訊き出して貰ってからだ」

半次は笑った。

風が吹き抜け、雑草が大きく揺れた。

音次郎は、千駄木に走った。

千駄木団子坂界隈《かいわい》に、半兵衛としろの姿は見えなかった。
「しろ、しろ……」
音次郎は、しろの名を叫びながら千駄木を捜し歩いた。
半兵衛は、しろと共に崩れ掛けた百姓家で直吉が戻るのを待っていた。
しろが、耳を僅かに動かして立ち上がった。
「帰って来たか……」
半兵衛は、直吉が帰って来たと思った。
しろの名を呼ぶ男の声が微かに聞こえた。
しろは吠えた。
半兵衛は眉をひそめた。
直吉が大声でしろを呼ぶ筈はない……。
しろは、崩れ掛けた百姓家を駆け出した。
音次郎か……。
半兵衛は、しろを呼ぶ男を音次郎と睨んだ。
何かがあった……。

半兵衛は睨み、崩れ掛けた百姓家を出た。

四

明地の傍に古い寺があった。

半次は、古い寺の寺男に金を握らせて納屋《なや》を借り、鳥居を連れ込んだ。

薄暗い納屋には、炭が積まれ、鍬《くわ》や鋤《すき》などの百姓道具があった。

縛られた鳥居は、目隠しと猿轡《さるぐつわ》をされて床に転がされ、恐怖に震えていた。

刺された太股の傷は骨に届いておらず、血は半次の手当てで既に止まっていた。

半兵衛は、音次郎から事の次第を聞いて千駄木から戻り、半次と落ち合った。

「して、直吉は旦那さまの無念、思い知れと云ったのだな」

「はい。そして、鳥居に止《とど》めを刺そうとしました……」

「止めか……」

「はい……」

「恨《うら》みは深いね」

「きっと。それから、内藤竜之介は二月前迄国許の大畠に行っていて、いろいろ面倒を起こして帰って来たって噂ですぜ」

半次は薄く嗤った。

「国許の大畠でいろいろ面倒をね……」

「はい」

「半次は、そいつと直吉が拘わりがあると云うのかい」

「違いますかね」

「半次、そいつを鳥居から訊き出すか……」

半兵衛は苦笑した。

「お願いします」

「よし……」

半兵衛は、古い納屋の板戸を開けた。

薄暗い納屋に光が差し込んだ。

目隠しと猿轡をされた鳥居は、板戸の開く音に怯《おび》えて訳の分からない声をあげて踠《もが》いた。

半兵衛は苦笑し、鳥居の許に進んだ。

半次が、板戸を閉めて続いた。

鳥居は、人の近付く気配に激しく震えた。

「大畠藩の鳥居かい……」

半兵衛は訊いた。

鳥居は、弾かれたように頷いた。

「鳥居、これから訊く事に素直に答えるんだ。さもなければ、此のまま死ぬ事になる」

半兵衛は、脇差《わきざし》を抜いて刃を鳥居の頬に走らせた。

頬から赤い糸のように血が流れた。

鳥居は、頬の痒《かゆ》みと生暖かさに恐怖を覚えて震えた。

「浅葱裏《あさぎうら》一人、息の根を止めて髷を切り、素っ裸にして寺の墓地に埋めれば、それ迄の事。造作はいらぬ」

半兵衛は、脇差の平地で鳥居の首を叩いた。

「わ、分かった。何でも云う。何でも答える」

鳥居は、慌てて何度も頷いた。

半兵衛は、半次に目配せした。

半次は頷き、鳥居の目隠しと猿轡を外した。

鳥居は、眼を細めて吐息を洩らした。

「鳥居、お前の脚を刺した直吉とはどのような拘わりなのだ」

「な、直吉は大畠藩の国許の目付香月蔵人《かつきくらんど》の奉公人だ……」

鳥居は、嗄れ声を震わせた。

「国許の目付香月蔵人の奉公人……」

〝目付〟とは家臣を監視し、犯罪の取締りを行う者だ。

「ええ……」

「その奉公人の直吉が、主と同じ大畠藩藩士を襲うのは、香月蔵人の無念を晴らす為だな」

「そうだ……」

「となると、事は竜之介が二月前迄いた国許の大畠での出来事か……」

「ああ……」

「ならば、香月蔵人の無念とは何だ……」

「それは……」

鳥居は躊躇《ためら》った。

次の瞬間、鳥居の頬が半兵衛の平手打ちに短く鳴った。

「竜之介さまだ。竜之介さまが斬ったのだ」

鳥居は恐怖に震え、慌てて告げた。

「竜之介が香月蔵人を斬った……」

半兵衛は眉をひそめた。

「ああ……」

鳥居は項垂《うなだ》れた。

「何故だ……」

「竜之介さまは、大畠で気に入った領民の娘たちを酒の相手に呼び……」

「手込めにでもしたのか……」

「はい。そして、抗う娘を斬り棄てた。それに気付いた香月蔵人は、竜之介さまの身辺を厳しく探索し始めた……」

「それで、竜之介は怒り、お前や木島、小沼仙八郎たち取り巻きと香月を斬ったか……」

半兵衛は読んだ。

「城からの帰り道に……」

「闇討ちか……」

半兵衛は、竜之介が武士の風上《かざかみ》にも置けぬ卑怯者だと知った。

「そうだ。そして、香月蔵人に止めを刺したのが、竜之介さまだ」

鳥居は何もかも吐いた。

「それで、直吉が主の香月蔵人の無念を晴らそうと、大畠から出て来たか……」

おそらく、しろは直吉の飼い犬であり、主を追って大畠から江戸に出て来たのだ。

半兵衛は読んだ。

「よし。鳥居、此のまま中屋敷には戻り難《にく》いだろう。此処は暫《しばら》く姿を隠していろ。その間に竜之介の始末をつける」

半兵衛は、不敵な笑みを浮かべた。

北町奉行所吟味方与力《ぎんみかたよりき》大久保忠左衛門《おおくぼちゆうざえもん》は、細い首の筋を引き攣《ひつ》らせた。

それは、忠左衛門が怒りを覚えている証《あかし》だった。

「おのれ、内藤竜之介。如何に藩主の腹違いの兄とはいえ、外道の振る舞い。許せるものではない」

忠左衛門は、嗄れ声を震わせた。

「如何にも。本郷での一件を始めとした刃傷沙汰《にんじょうざた》は、竜之介の国許での情け容赦のない悪行の所為《せい》にございます」

「うむ。それにしても闇討ちに遭った目付の香月蔵人の奉公人、それ何と申した……」

「直吉です……」

「その直吉、健気《けなげ》な忠義者と云えるな。うん」

忠左衛門は深く感心した。

「それはもう。それ故、大久保さま、大畠藩に此以上江戸市中を騒がせれば、内藤竜之介の悪行、公儀大目付に届けると。もし、それが嫌なら竜之介に腹を切らせるか、早々に江戸から追い出すのが上策だと……」

「成る程。心得た。直ぐにでも愛宕下大名小路の大畠藩の上屋敷に参り、御留守居役《おるすいやく》に確《しか》と申し入れよう」

忠左衛門は、生来の気の短かさを発揮し、愛宕下大名小路に行こうとした。

「お待ち下さい、大久保さま。今日は使いを走らせ、伺うのは明日にしたら如何ですか」

「そうか、それもそうだな。よし、ならばそう致すか……」

忠左衛門は頷いた。


千駄木の田畑は夕陽に染まった。

菅笠を目深に被った直吉は、団子坂を足早にやって来た。そして、小橋を渡って小川沿いの小道を崩れ掛かった百姓家に向かった。

直吉が崩れ掛けた百姓家に近付いた時、犬の吠える声がした。

直吉は立ち止まった。

しろが吠えながら、崩れ掛けた百姓家から猛然と飛び出して来た。

「しろ……」

直吉は立ち竦んだ。

しろは吠え、尻尾を激しく振って直吉に飛び付いた。

「やっぱり、しろだったのか……」

直吉は、抱き付くしろを撫でた。

しろは、嬉しげに直吉の顔を嘗《な》めた。

「止めろ。しろ……」

直吉は苦笑した。

「やっぱり、しろって名前なのか……」

直吉は、声のした方を振り返った。

半兵衛が微笑《ほほえ》んでいた。

直吉は、慌てて辺りを見廻した。

周囲には半次と音次郎がおり、直吉は既に囲まれていた。

しろは吠え、嬉しげに直吉の周りを飛び跳ねた。

「直吉、私は北町奉行所の白縫半兵衛。それに半次と音次郎だ」

半兵衛は名乗り、半次と音次郎を示した。

直吉は、懐に手を入れて身構えた。

「直吉、小沼仙八郎や鳥居たち取り巻きに幾ら深手を負わせた処で、主の香月蔵人の無念は晴らせないよ」

半兵衛は告げた。

直吉は戸惑い、半兵衛を見詰めた。

「香月蔵人の無念を晴らすには、闇討ちを企て、止《とど》めを刺した内藤竜之介の命を貰うしかあるまい」

　直吉は、哀しげに顔を歪めた。

「だが、竜之介は中屋敷の奥で取り巻きの家来たちに護られており、容易に襲う事は出来ない。そうだね……」

　半兵衛は、直吉の置かれた情況を読んだ。

　直吉は、悔しげに項垂れた。

「だが、何もかも此迄だよ」

　半兵衛は告げ、半次と音次郎が迫った。

　直吉は、懐の匕首を抜いて構えた。

　しろが吠えた。

「直吉、しろは賢い犬だな」

　半兵衛は笑った。

「えっ、ええ……」

　直吉は、話題を変えた半兵衛に戸惑いながら頷いた。

「しろは、主のお前を追って出羽の大畠から江戸に捜しに来た。そして、漸《ようや》くお前を見付けたんだ。今夜ぐらいは、逃げ隠れせず、一緒にいてやるんだね」

半兵衛は、直吉に笑い掛けた。

「白縫さま……」

直吉は戸惑った。

「直吉、おそらく内藤竜之介は、明日、江戸中屋敷を出て大畠に帰る筈だ」

半兵衛は教えた。

「えっ……」

直吉は驚き、半兵衛を見詰めた。

「ではな。半次、音次郎……」

半兵衛は直吉を残し、半次と音次郎を促して踵《きびす》を返した。

半次と音次郎は続いた。

直吉は、捕らえようとしない半兵衛に呆然と立ち尽くした。

しろは、直吉の傍に座って吠えた。

音次郎が振り返り、笑顔で手を振った。

しろは吠えた。


「良いんですか……」

半次は心配した。

「半次、今の処、大畠藩は小沼たちが襲われた事を訴え出てはいない」

「下手《へた》に騒ぎ立てれば、竜之介の悪行が露見しますか……」

「うん。それに、直吉が此のまま逃げるのなら、それでも良いさ」

半兵衛は笑った。

直吉が、内藤竜之介を討ち果たすのを諦《あきら》めるのなら、それはそれで良いのだ。

半兵衛は、小川沿いの小道を団子坂に向かった。

千駄木の月は、夜空に蒼白く浮かんでいた。


愛宕下大名小路は、大名たちが登城して穏やかさが漂っていた。

大畠藩江戸上屋敷は静寂に満ちていた。

半兵衛は、大久保忠左衛門と共に書院に通された。

江戸御留守居役の阿部《あべ》刑部《ぎようぶ》は、江戸中屋敷の小沼仙八郎たちが何者かに襲われた件での来訪と読み、固い面持ちで現れた。

阿部、忠左衛門、半兵衛は挨拶を交わした。

「して、北町奉行所の方々が何用ですかな」

阿部は、警戒の眼差しを向けた。

「それなのですが、小沼仙八郎どのを始めとした御家中の方々が何者かに襲われ、深手を負っている件でござるが……」

忠左衛門は、厳しい面持ちで告げた。

阿部は眉をひそめた。

「どうやら、襲っているのは貴藩江戸中屋敷におられる内藤竜之介さまに遺恨《いこん》を抱いている者のようでしてな」

「竜之介さまに遺恨を抱く者……」

阿部は身構えた。

「左様。北町奉行所としては、これ以上、江戸市中での斬り合い、殺し合いは許せぬ所業。だが、大名家は我らの支配違い。此処は大目付どのに仔細《しさい》を報せ、評定所《ひょうじょうしょ》扱いにして貰うが、宜しいですな」

忠左衛門は、厳しい面持ちで告げた。

「そ、それは……」

阿部は狼狽《うろた》えた。

「ま、そうなると、竜之介さまの数々の悪行、大目付どのや評定所の知る処となるが……」

忠左衛門は、阿部を見据えた。

竜之介の悪行が公儀に知れれば、大畠藩と藩主内藤采女正は無事には済まない。

「大久保どの、竜之介さまがどのような悪行を働いたと申される」

阿部は、声を引き攣らせた。

「半兵衛……」

「はっ。国許で娘を手込めにし、抗う者を斬り棄てる外道の振る舞い。そして、諫言《かんげん》した家臣を闇討ちにした卑怯な所業。既に悪行は判明し、証人の口書爪印《くちがきつめいん》も取ってあります」

半兵衛は、阿部を静かに見詰めた。

阿部は、北町奉行所が竜之介の悪行の何もかもを突き止めていると知り、項垂れた。

「阿部どの、此のままでは大畠藩は、御公儀の厳しい仕置を受ける事となりますぞ」

忠左衛門は哀れんだ。

「お、大久保どの、ならば大畠藩は如何にすれば良いのか……」

「只一つ、早々に禍《わざわい》を取り除くしかありますまい」

「禍を取り除く……」

阿部は眉をひそめた。

「左様。竜之介さまに腹を切って戴く……」

忠左衛門は、細い首を伸ばして云い放った。

「切腹……」

阿部は愕然《がくぜん》とした。

「如何にも……」

「竜之介さまに切腹……」

阿部は声を引き攣らせた。

「それとも、早々に江戸を立ち退いて大畠に引き取って戴くか、それとも出家して仏門に入って貰うのが宜しいかと……」

半兵衛は告げた。

「早々に江戸を立ち退くか、出家するか……」

阿部は呟《つぶや》いた。

「はい……」

半兵衛は頷いた。

切腹、立ち退き、出家……。

半兵衛は、竜之介が江戸からの立ち退きを選ぶと睨んでいた。

「阿部どの、何を選ばれるかは、そちらの勝手。だが、大目付どのに報せるのは明日。それ迄、つまり今日中に決められるのですな」

忠左衛門は勧めた。

「今日中……」

「如何にも……」

忠左衛門は大きく頷いた。

「阿部さま、事は既に噂となって江戸の町に広がり始めています。御公儀御重職を頼られるには遅すぎますぞ」

半兵衛は釘を刺した。

大畠藩江戸留守居役の阿部刑部は、下城した藩主内藤采女正や江戸家老と何事か相談し、本郷の中屋敷に急いだ。

半兵衛は見届けた。

大畠藩江戸中屋敷は、江戸留守居役阿部刑部が訪れて以来、慌ただしくなった。

「どうしたのか、分かったかい……」

半次は、旗本屋敷の中間長屋に戻って来た中間頭に訊いた。

「良く分からないが、竜之介が急に国許の大畠に帰る事になったそうだぜ」

中間頭は苦笑した。

「へえ、急に国許にね」

内藤竜之介は国許大畠に帰る……。

半次は、事が半兵衛の企て通りに動いているのを知った。

夕暮れ前。

大畠藩江戸中屋敷の潜り戸が開き、三人の旅仕度の武士が、塗笠《ぬりがさ》を目深に被って出て来た。

三人の旅仕度の武士は、辺りを油断なく窺って本郷の通りに向かった。

半次と音次郎が、向かい側の旗本屋敷から現れた。

「親分、竜之介たちですか……」

「ああ。竜之介に柏木と沢田って取り巻きだ」

半次は、三人の旅仕度の武士を見定めた。

「半兵衛の旦那に脅かされて、江戸から逃げ出そうって魂胆《こんたん》ですか」

音次郎は嘲笑した。

「ああ。俺が尾行る。音次郎は旦那の処に先廻りしろ」

「合点です」

音次郎は、御弓町の路地に駆け込んだ。

半次は、竜之介、柏木、沢田を追った。

竜之介、柏木、沢田が御弓町から本郷の通りに出た時、菅笠を被った直吉としろが現れた。

半次は、咄嗟《とっさ》に物陰に隠れた。

直吉としろは、竜之介、柏木、沢田の後を追い始めた。

読み通りだ……。

半次は追った。

本郷御弓町から下谷に抜け、東叡山寛永寺《とうえいざんかんえいじ》の脇の奥州《おうしゅう》街道表道を進んで千住《せんじゅ》に出る。

半次は読んだ。

千住の宿は、水戸《みと》街道、日光《にっこう》街道、奥州街道の出入口である。

竜之介は、柏木と沢田を従えて本郷の通りを横切り、切通《きりどお》しに向かった。

しろと直吉は尾行た。

半次は追った。

半兵衛が、音次郎と共に現れた。

「旦那、直吉としろです」

半次は、直吉としろを示した。

「うん……」

直吉は香月蔵人の無念を晴らす……。

半兵衛は、直吉の覚悟に頷いた。

夕陽は沈み、切通しは薄暮《はくぼ》に覆《おお》われた。

竜之介、柏木、沢田は、湯島天神裏に差し掛かった。

人通りはなかった。

直吉としろは、足を速めて竜之介たちとの距離を縮めた。

「旦那……」

半次は緊張した。

「うん……」

半兵衛は、足取りを早めた。

半次と音次郎は続いた。

「行くぞ、しろ……」

直吉は、懐の匕首を握り締め、先を行く竜之介、柏木、沢田に向かって猛然と走った。

しろが続いた。

沢田は、背後に走り寄って来る足音に気付き、振り返った。

刹那、直吉が匕首を一閃した。

沢田は肩を斬られ、血を飛ばして仰《の》け反《ぞ》り倒れた。

「おのれ……」

柏木が、直吉を斬ろうと刀を抜いた。

しろが柏木に飛び掛かり、刀を握る腕に咬《か》み付いた。

柏木は驚き、悲鳴をあげて刀を落とした。

しろは、牙を剝いて柏木に襲い掛かった。

柏木は尻餅《しりもち》をつき、這って逃れようとした。

竜之介は逃げた。

直吉は追った。

半兵衛、半次、音次郎が駆け付けた。

「半次、音次郎、二人を押えろ」

半兵衛は、柏木と沢田を半次と音次郎に任せ、竜之介と直吉を追った。

しろが吠え、半兵衛に続いた。


内藤竜之介は、足を縺《もつ》れさせて転んだ。

直吉が追い縋《すが》った。

「く、来るな、下郎……」

竜之介は、刀を抜いて振り回した。
「旦那さまの無念、晴らす……」
直吉は竜之介を見据え、匕首を構えて迫った。
「下郎の分際で、下がれ、下がれ無礼者……」
竜之介は喚き、刀を滅茶苦茶に振り回した。
しろが、竜之介の背後で吠えた。
竜之介は驚き、思わず身を縮めた。
次の瞬間、直吉が匕首を構えて竜之介に体当たりをした。
竜之介は、眼を瞠《みは》って凍《い》て付《つ》いた。
「旦那さまの仇、死ね……」
直吉は、竜之介に突き刺した匕首を尚も押した。
竜之介は、顔を醜く歪めて呻《うめ》いて倒れ込んだ。
しろが吠えた。
直吉は、匕首から手を放して後退《あとずさ》りした。
竜之介は、苦しく呻いて絶命した。
しろは吠え、立ち尽くす直吉に近寄った。

「しろ……」

直吉は、しろを抱き締めた。

しろは、嬉しげに尻尾を振った。

「香月蔵人の無念、見事に晴らしたか……」

半兵衛が現れた。

「し、白縫さま……」

直吉は、半兵衛に頭を下げた。

「後の始末は引き受けた。しろを連れて早々に立ち去るんだね」

「えっ……」

直吉は戸惑った。

「世の中には、私たちが知らない顔をした方が良い事もあってね。さあ、しろを連れて早く行きな」

半兵衛は促した。

「ありがとうございます。しろ……」

直吉は、半兵衛に深々と頭を下げ、しろを連れて闇に走った。

半兵衛は見送った。

しろは振り返り、尻尾を振って吠えた。そして、直吉を追って闇に走り去った。

忠義者たちは帰った……。

直吉は勿論《もちろん》、しろも忠義者なのだ。

半兵衛は微笑んだ。

「旦那……」

やって来た半次と音次郎は、竜之介の死体に気付いた。

「直吉としろは、無事に香月蔵人の無念を晴らして立ち去った」

「そりゃあ良かった……」

半次は笑みを浮かべた。

「そうですか、しろも帰って行きましたか……」

音次郎は淋しげに夜の闇を見詰めた。

「しろ、達者でな……」

音次郎は大声で叫んだ。

しろの遠吠えが夜空に響いた。

「忠義者たちが帰って行くよ」

半兵衛は笑った。

半兵衛は、大畠藩江戸留守居役阿部刑部に竜之介の死を逸早《いちはや》く報せた。

阿部は、家来たちを走らせて竜之介の死体を素早く引き取らせた。

その行動は、噂となって町方に広まるよりも早かった。

出羽国大畠藩は、藩主の腹違いの兄竜之介の死を急な病の為と公儀に届けた。

公儀は届出を受理した。

竜之介が病死をした限り、直吉が人殺しとして捕らえられる恐れはない。

半兵衛は、大番屋の仮牢に入れてあった鳥居を放免した。

大畠藩は、小沼仙八郎や鳥居たち竜之介の側近を隠居させ、子や弟に家督を継がせて一件のすべてを闇の彼方《かなた》に消し去った。

「厄介払いか……」

半兵衛は苦笑した。

「厄介払い……」

音次郎は眉をひそめた。

「うむ。大畠藩としては、何をしでかすか分からぬ竜之介が死んで一安心、厄介払いが出来たと秘かに喜んでいるだろう」

半兵衛は読んだ。

「冷たいもんですねえ」

音次郎は呆れた。

「大名なんぞ、家を護る為に手立ては選ばないよ」

半次は嘲笑した。

「そんなもんですか……」

「音次郎、今時は主でも邪魔者となれば、家臣たちが秘かに始末し、藩を護る事だってある」

半兵衛は告げた。

「へえ。じゃあ忠義者なんて、滅多にいないんですか……」

「ああ……」

半兵衛は頷いた。

主の香月蔵人の無念を晴らした直吉と追って来たしろは、最後の忠義者なのかもしれない……。

第四話　帰って来た娘

一

日髪日剃《ひがみひぞり》を終えた半兵衛《はんべえ》は、廻《まわ》り髪結《かみゆい》の房吉《ふさきち》、本湊《ほんみなと》の半次《はんじ》、音次郎《おとじろう》と朝飯を食べて北町奉行所に向かった。

北町奉行所は、朝から公事訴訟《くじそしょう》で訪れた者たちで賑《にぎ》わっていた。

半兵衛は、半次と音次郎を伴って同心詰所に入った。

「遅い。遅いぞ、半兵衛……」

同心詰所では、吟味方与力《ぎんみかたよりき》の大久保忠左衛門《おおくぼちゅうざえもん》が首筋を引《ひ》き攣《つ》らせていた。

何か用があって待っていた……。

半兵衛は読んだ。

「此《これ》は申し訳ございませぬ」

半兵衛は、頭を下げてあっさりと詫《わ》びた。

「う、うむ。ま、良い。早々に用部屋に参れ」

忠左衛門は命じた。

「心得《こころえ》ました」

「半次、音次郎、今日も御苦労だな」

忠左衛門は、半次と音次郎を労《ねぎら》ってさっさと己の用部屋に戻って行った。

「旦那……」

「半次、音次郎、聞いての通りだ」

「はい。表門脇の腰掛で待っています」

半次は苦笑した。


「半兵衛、此に……」

忠左衛門は、用部屋に来た半兵衛を傍に招いた。

「はっ……」

半兵衛は膝を進めた。

「半兵衛、昨夜、屋敷に瀬戸物町《せとものちょう》の薬種問屋秀宝堂《しゅうほうどう》の番頭の百蔵《ももぞう》が来てな」

忠左衛門は声を潜めた。

「瀬戸物町の秀宝堂と云えば、江戸でも老舗《しにせ》の薬種問屋ですな」

「左様《さよう》。それで、その番頭の百蔵が云うには、十日程前、秀宝堂に十二年前に行方知れずになったお嬢さんが帰って来たそうだ」

「十二年前に行方知れずになったお嬢さん……」

半兵衛は眉をひそめた。

「うむ……」

「そのお嬢さん、歳は幾つなのですか……」

「十六歳だ」

「となると、行方知れずになったのは四歳の時ですか……」

「如何《いか》にも……」

「四歳の時に行方知れずになり、十六歳で帰って来たのですか……」

「うむ……」

忠左衛門は、白髪眉《しらがまゆ》をひそめて頷《うなず》いた。

「帰って来たお嬢さん、行方知れずになったお嬢さんに間違いないのですか……」

「秀宝堂の主《あるじ》の嘉兵衛《かへえ》と内儀のおきちは、間違いないと云っているそうだ」

「四歳から十六歳になると、顔形もかなり変わっていると思いますが、二親《ふたおや》が娘だと云っているなら、本人なんでしょうね」

半兵衛は笑った。

「処《ところ》が半兵衛、番頭の百蔵はどうもしっくりしないそうだ」

「しっくりしない……」

「うむ。お嬢さんの名を騙《かた》り、秀宝堂の身代《しんだい》を狙う偽者《にせもの》ではないかとな」

「身代を狙う偽者……」

半兵衛は緊張を過《よ》ぎらせた。

「うむ。そこでだ半兵衛。見定めてくれ」

「見定める……」

「左様。帰って来た娘が、まこと四歳の時に行方知れずになった娘かどうか、急ぎ見定めるのだ。良いな」

「はあ……」

「よし。話はそれだけだ」

忠左衛門は、半兵衛の都合などお構いなしに己の用件だけを告げ、文机《ふづくえ》の書類に向かった。

半兵衛は苦笑し、忠左衛門の用部屋を出た。

薬種問屋『秀宝堂』は、室町《むろまち》三丁目の浮世小路《うきよこうじ》を入った処の瀬戸物町にあった。

半兵衛は、半次や音次郎と浮世小路に入った。浮世小路の先には、鈍色《にびいろ》に輝いている西堀留川《にしほりどめがわ》があった。

薬種問屋『秀宝堂』は、西堀留川に架かる雲母橋《きらずばし》の袂《たもと》にあり、傍に稲荷堂《いなりどう》があった。

「あそこですね……」

音次郎は、老舗らしい落ち着いた佇《たたず》まいの薬種問屋『秀宝堂』を示した。

「さあて、どうします」

半次は、半兵衛の指示を待った。

「そうだね。先《ま》ずは秀宝堂と旦那の嘉兵衛とお内儀のおきちの評判を、それとなくな。私は自身番に行き、十二年前の行方知れずの経緯《いきさつ》を訊いて来るよ」

「承知しました。音次郎……」

「はい……」

半次と音次郎は、聞き込みに走った。

半兵衛は、瀬戸物町の自身番に向かった。


「秀宝堂のお嬢さんの話ですか……」

自身番の店番は笑みを浮かべた。

「うん。行方知れずだったのが、十二年振りに戻って来たそうだね」

半兵衛は、老番人の富吉《とみきち》の淹《い》れてくれた茶を飲んだ。

「はい。嘉兵衛の旦那とお内儀のおきちさん、そりゃあもう大喜びで、目出度《めでた》い話ですよ」

店番は笑顔で告げた。

「うん。して、帰って来た娘、名は何て云うのかな」

「おふみさんです」

「おふみか……」

四歳の時に行方知れずになり、十二年が経って帰って来た薬種問屋『秀宝堂』の娘の名はおふみだった。

「して、おふみは一人で帰って来たのかな」

「いいえ。育ての親と云いますか、松戸《まつど》の茂平《もへい》さんって年寄りのお百姓が連れて来たんです」

「松戸の百姓の茂平……」

「はい。十二年前、街道の脇で泣いているおふみを見付け、育てて来たそうですよ」

「その茂平は……」

「秀宝堂の旦那から礼金と土産《みやげ》を沢山《たくさん》貰って松戸に帰りました」

「そうか、松戸か……」

十二年の間、おふみは松戸にいた……。

松戸は下総《しもうさ》の宿場であり、江戸日本橋《にほんばし》から五里二十丁だ。その間には、綾瀬川《あやせがわ》や中川《なかがわ》などの川があり、四歳の女の子が一人で行ける筈もない。

誰かが連れて行ったのだ。

ならば、おふみは拐《かど》かしに遭《あ》ったのか……。

半兵衛は読んだ。

「十二年前、おふみは行方知れずになったそうだが、そいつは拐かされたのかな」

「さあ。手前は十二年前の事は……」

店番は、申し訳なさそうに首を捻《ひね》った。

「じゃあ、富吉は知っているかな」

半兵衛は、隅に控えている老番人に尋ねた。

「へ、へい。何とか覚えております」

老番人の富吉は頷いた。

「十二年前、おふみの行方知れずは、どう扱われたのだ」

「はい。おふみちゃんがいなくなった時、初めは拐かしかと云われたのですが、金を持って来いと云う脅《おど》し文《ぶみ》もなく刻が過ぎ、日にちが経って、その内、おふみちゃんは神隠《かみかく》しに遭ったんだと……」

富吉は白髪眉をひそめた。

「神隠しか……」

「へい。そして、手前を含めてみんな、いつの間にか忘れちまって……」

富吉は、世間の薄情さを嗤《わら》った。

「十二年が過ぎていたか……」

半兵衛は頷いた。

薬種問屋『秀宝堂』の前には西堀留川があり、架かっている雲母橋を渡ると一膳飯屋があった。

一膳飯屋の窓からは、西堀留川越しに薬種問屋『秀宝堂』の表が見えた。

半兵衛は、半次や音次郎と一膳飯屋で落ち合い、窓から『秀宝堂』を見張りながら昼飯を食べた。

「それで、神隠しですか……」

半次は、半兵衛の話を聞いて眉をひそめた。

「うむ。して、そっちはどうだった」

「はい。秀宝堂、老舗らしく客筋も良く、繁盛《はんじょう》していますよ」

半次は告げた。

「家族は……」

「はい。旦那の嘉兵衛とお内儀のおきち、それに十八歳になる若旦那の文吉《ぶんきち》、おふみの兄ですか、三人家族です」

「それから奉公人は、番頭の百蔵さんと二番番頭、手代、小僧、女中、下男なんかで十五人程います」

音次郎は告げた。

「その中に、妙な奴はいないね」

半兵衛は、意外な事を訊いた。

「妙な奴ですか……」

音次郎は戸惑った。

「うむ。博奕《ばくち》や女や酒に現《うつつ》を抜かしている奴とか、借金を抱えている奴とか……」

「そこ迄は未だ。ちょいと行って来ます」

音次郎は、箸《はし》を置いて立ち上がった。

「慌てるな音次郎、昼飯をちゃんと食べてからにしろ」

半兵衛は苦笑した。

「は、はい……」

音次郎は、座り直して再び箸を取った。

「旦那……」

半次は、半兵衛に怪訝《けげん》な眼を向けた。

「うむ。もし、騙りだったら、秀宝堂の主一家に詳しい者が絡《から》んでいると思ってね」

「それで、妙な奉公人ですか……」

「うむ。ひょっとしたらと思ってね。で、嘉兵衛とおきちの夫婦、おふみをどう思っていたのかな……」

「それなんですが、嘉兵衛とおきち、おふみは何処《どこ》かで生きていて、必ず帰って来ると信じ、毎日陰膳《かげぜん》を供えていたそうですよ」

「そうしたら帰って来たか……」

「はい。嘉兵衛とおきち、そりゃあ嬉しかったでしょうね」

半次は、嘉兵衛とおきちの気持ちを読んだ。

「それにしても半次、嘉兵衛とおきち、訪れた娘を十二年前に行方知れずになった我が子のおふみだと、どうやって見定めたのかな。四歳の時から十二年、十六歳になった娘は随分と顔形も変わった筈だが……」

半兵衛は眉をひそめた。

「そいつは、きっと血の繫《つな》がっている親子だけが分かるものでもあったのかもしれません」

半次は読んだ。

「血の繋がっている親子の絆か……」

「違いますかね」

「まあ、そうだったら良いがね。半次、おふみは松戸の百姓の茂平に育てられ、一緒に秀宝堂に帰って来た」

「松戸の百姓の茂平……」

「うん。下総松戸の宿迄は日本橋から五里二十丁。茂平がどのような者で、本当におふみを育てたのかどうか。ちょいと調べて来てくれないか……」

「お安い御用で……」

半次は笑った。

「じゃあ、こいつは路銀《ろぎん》だ」

半兵衛は、一両小判を半次に渡した。

「確かに……」

半次は、一両小判を受け取った。

「聞いての通りだ音次郎、お前は旦那と一緒にな」

「承知しました」

音次郎は頷いた。

「じゃあ、御免なすって……」

半次は半兵衛に会釈をし、茶を飲み干して一膳飯屋を出て行った。

「気を付けてな……」

半兵衛は見送った。

半次は、このまま千住《せんじゅ》の宿に行って旅仕度を整え、水戸《みと》街道を下って松戸に行くのだ。

「さあて音次郎、私は秀宝堂の嘉兵衛に逢ってみる。お前は、おかしな動きをする奉公人がいないか、秀宝堂を窺《うかが》う妙な奴がいないか見張るのだ」

半兵衛は命じた。

「合点です」

音次郎は、張り切って頷いた。

「よし……」

半兵衛は、音次郎を一膳飯屋に残して薬種問屋『秀宝堂』に向かった。

薬種問屋『秀宝堂』の奥座敷は、静寂に覆われていた。

「いらっしゃいませ。どうぞ……」

若い女中は微笑《ほほえ》み、半兵衛に茶を差し出した。

「造作を掛けるね」

「いいえ。主は間もなく参ります」

若い女中は、半兵衛に深々と頭を下げて奥座敷から出て行った。

半兵衛は、手入れの行き届いた中庭を眺めながら出された茶を飲んだ。

「お待たせ致しました」

主の嘉兵衛と内儀のおきちが、緊張した面持ちでやって来た。

「秀宝堂主の嘉兵衛にございます。これなるは、きちにございます」

お内儀のおきちは、嘉兵衛の背後に控えて挨拶をした。

「私は北町奉行所の白縫《しらぬい》半兵衛。伺《うかが》ったのは他でもない。十二年前に行方知れずになった娘のおふみが帰って来たと聞いてな」

半兵衛は、嘉兵衛とおきちを見据えた。

「はい。ありがたい事にございます」

「嘉兵衛、帰って来たおふみは本当に行方知れずになっていた娘に間違いないのかな」

半兵衛は、穏やかに尋ねた。

「間違いございませぬ。なあ……」

嘉兵衛は、背後に控えているおきちに同意を求めた。

「は、はい……」

おきちは、緊張に喉《のど》を鳴らして頷いた。

「おきち、帰って来たおふみには、行方知れずになった我が子だと云う確かな証拠があるのかな……」

「ございます。私どもはそれを見定め、帰って来たおふみを我が子と……」

おきちは、半兵衛を見詰めた。

「それはなんだい……」

「は、はい。旦那さま……」

おきちは、嘉兵衛を窺った。

「白縫さま、おふみには生まれた時から右肩の後ろに黒子《ほくろ》があるのです」

嘉兵衛は、小声で告げた。

「右肩の後ろに黒子……」

半兵衛は戸惑った。

「はい。それも二つの黒子が……」

嘉兵衛は、秘密めかして囁《ささや》いた。

「二つの黒子……」

半兵衛は眉をひそめた。

「はい。それで、帰って来たおふみに右肩を見せて貰いました。そうしたら白縫さま、おふみの右肩の後ろに二つの黒子があったのでございます」

おきちは、嬉しげな笑みを浮かべた。

「あったのか……」

半兵衛は、思わず聞き返した。

「はい。子供の時と同じに……」

おきちは、溢《あふ》れる涙を拭《ぬぐ》った。

「白縫さま、十二年の歳月は、面影を変えます。おふみも幼い子供から娘の顔に変わりました。ですが、右肩の後ろの二つの黒子は変わらずにあったのでございます」

嘉兵衛は微笑んだ。

「そうか……」

おふみは偽者ではない……。

半兵衛は、嘉兵衛とおきちはそう信じて喜んでいるのを知った。

「して嘉兵衛、おきち、おふみは毎日何をしているのだ」

「それが白縫さま、おふみは女中たちと一緒に奥向きや台所の仕事をしているのです」

おきちは声を弾ませた。

「女中たちと一緒に……」

「はい……」

「じゃあ、ひょっとしたら先ほど茶を持って来た……」

半兵衛は、茶を持って来てくれた若い女中を思い浮かべた。

「はい。白縫さまに茶をお持ちしたのが、おふみにございます」

おきちは頷いた。

「やはり、おふみだったか……」

半兵衛は知った。

「白縫さま、おふみは今迄心配を掛けたお詫びだと、それに奥に座っているのは疲れるだけだで、身体を動かして皆と働いている方が良いと申しまして……」

「きっと十二年の間、茂平さんの処でお百姓の仕事やいろいろな手伝いをして来たのでしょうね」

　嘉兵衛は読んだ。

「そうか……」

「白縫さま、おふみが十二年の間、茂平さんの処でどのような暮らしをして来たかは存じません。ですが私とおきちは、おふみが苦労して立派な娘になったと思っております」

　嘉兵衛は、半兵衛を見詰めた。

「そうか。良く分かった……」

　半兵衛は微笑んだ。

二

　薬種問屋『秀宝堂』の奉公人でおかしな動きをする者はいなく、店の様子を窺う不審者もいなかった。

　音次郎は見張り続けた。

　半兵衛が、白髪頭の老番頭に見送られて薬種問屋『秀宝堂』から出て来た。

「白縫さま……」

老番頭は、小声で呼び掛けた。

吟味方与力大久保忠左衛門に話を持ち込んだ番頭の百蔵……。

半兵衛は気付いた。

「百蔵かい……」

「はい。如何だったでしょうか……」

百蔵は、不安を滲《にじ》ませた。

「今の処、妙な処はないね」

「そうですか……」

百蔵は、微かな安堵を過ぎらせた。

「ま、これから詳しく調べてみるよ」

半兵衛は笑った。

「宜しくお願いします」

百蔵は、半兵衛に深々と頭を下げた。

「うむ。処で百蔵、おふみが戻ってから秀宝堂に変わった事はないかな」

「えっ。はい、別に……」

百蔵は戸惑った。

「そうか……」

「白縫さま、何か……」

百蔵は、不安を露《あら》わにした。

「いや。ま、とにかく暫《しばら》くはおふみから眼を離さずにいるんだね」

「分かりました」

百蔵は頷いた。

「ではな……」

半兵衛は、物陰にいる音次郎を一瞥《いちべつ》して浮世小路に向かった。

百蔵は、半兵衛の後ろ姿に頭を下げて店に戻った。

音次郎は、半兵衛に続こうとした。

薬種問屋『秀宝堂』の裏手から手代が現れ、半兵衛の後を追った。

「何だ……」

音次郎は、半兵衛を尾行《つけ》る手代に気付き、戸惑った。

よし……。

音次郎は、半兵衛を尾行る手代を追った。

若いお店者《たなもの》が追って来る。

半兵衛は、尾行て来る若いお店者に気付いていた。

薬種問屋『秀宝堂』の手代……。

半兵衛は睨《にら》んだ。

手代は誰の指図で、何が狙いで尾行てくるのか……。

半兵衛は、尾行て来る手代より、指図した者が誰か知りたかった。

さあて、どうする……。

音次郎は、おそらく手代の後ろを取っている筈だ。

半兵衛は、浮世小路から日本橋の通りを横切り、外濠に向かった。

手代は、物陰伝いに半兵衛を尾行た。

下手《へた》な尾行だ……。

音次郎は、苦笑しながら手代を追った。

外濠は日陰になり、水面の煌《きら》めきは失せていた。

堀端を行き交う人は少なかった。

半兵衛は、堀端を一石橋《いちこくばし》に進んだ。

手代は、不安げな足取りで尾行てくる。

素人《しろうと》……。

半兵衛は、尾行て来る手代が裏渡世の者ではないと睨んだ。

頃合いだ……。

半兵衛は、日本橋川に架かる一石橋の袂で振り返った。

手代は驚き、慌てて振り返った。

音次郎が背後を塞《ふさ》いでいた。

手代は立《た》ち竦《すく》んだ。

「薬種問屋秀宝堂の者だね」

半兵衛は笑い掛けた。

手代は震えた。

「旦那のお尋ねだ。さっさと答えな」

音次郎は、手代を睨み付けた。

「は、はい。手代の清助《せいすけ》です」

手代は、嗄《しやが》れ声を引き攣らせた。

「清助か……」

「はい……」

「誰の指図で私を尾行て来たんだい」

半兵衛は、穏やかに尋ねた。

「わ、若旦那の文吉さまです」

清助は、嗄れ声を震わせた。

「若旦那の文吉……」

半兵衛は眉をひそめた。

「はい……」

清助は頷いた。

若旦那の文吉は、十八歳になるおふみの兄だった。

「清助、文吉はどうして私を尾行ろと指図したのだ」

「詳しく分かりませんが、お役人さまが偽者かもしれないので、何処に行くか見定め、正体を突き止めろと……」

清助は観念していた。

「馬鹿野郎、町奉行所の同心の旦那の偽者なんぞ、滅多にいねえぜ」

音次郎は嗤った。

半兵衛は苦笑した。

「で、清助、若旦那の文吉。帰って来た妹のおふみをどう思っているんだ」

「若旦那は、おふみさまを本物のお嬢さまかどうか疑っています」

「疑っているか……」

「はい。おふみさまを金が目当ての騙り者じゃあないかと……」

清助は告げた。

若旦那の文吉は、おふみを金が目当ての騙り者だと疑っているのだ。

「それで、おふみに拘《かか》わる事で訪れた私も疑っている訳か……」

半兵衛は読んだ。

「はい……」

清助は頷いた。

「清助、文吉には私が北町奉行所に入って行ったと云うんだな」

「はい……」

「それから、文吉とおふみをそれとなく見守り、妙な事があれば報せてくれ」

半兵衛は命じた。

「は、はい……」

清助は、思わず身震いをして頷いた。

半兵衛は、清助を解放した。

清助は、半兵衛と音次郎に深々と頭を下げて足早に戻って行った。

夕陽は外濠に映えた。


松戸宿は旅人たちも旅籠《はたご》に落ち着き、夜の静けさに覆われていた。

半次は、日本橋から五里二十丁を歩き抜き、松戸宿に着いた。

調べは明日……。

半次は、旅籠『柏屋《かしわや》』に宿を取った。


酒は、五里二十丁を歩き抜いた身体に心地好く沁《し》み渡った。

半次は、大年増《おおどしま》の女中の給仕で遅い晩飯を食べ、徳利《とっくり》一本の酒を飲んだ。

「処で姐さん、茂平さんってお百姓を知っているかな」

「茂平さんですか……」

大年増の女中は眉をひそめた。

「ああ……」

「さあ、知りませんねえ」

「そうか、知らないか……」

明日、宿場役人や街道沿いの村の庄屋に尋ねてみる。

半次は決め、早々に蒲団《ふとん》に潜り込んだ。


旅人たちは出立し、松戸宿の旅籠『柏屋』は掃除が始まった。

半次は、朝飯を食べて宿場役人を訪れた。

「百姓の茂平……」

宿場役人は眉をひそめた。

「ええ。最近迄、おふみと云う十六の娘と一緒に暮らしていた年寄りなんですがね」

「十六の娘と暮らしていた年寄りか……」

「ええ。知りませんかね」

「その茂平なら一月《ひとつき》前に死んだよ」

宿場役人は、半次を探るように見詰めた。

「一月前に死んだ……」

半次は驚いた。

「ああ。街道をもう少し先に行くと、竹花村《たけはなむら》ってのがあってね。茂平はそこで孫娘と暮らしていたんだが、一月前に何者かに頭を殴られて殺されたんだぜ」

「殴り殺された……」

茂平は、一月前に殺されていた。

ならば、薬種問屋『秀宝堂』におふみと共に現れた茂平は何なのだ。

半次は困惑を覚えた。

「じゃあ、一緒に暮らしていた孫娘は……」

「そいつが、いなくなっていてね……」

宿場役人は首を捻った。

「いなくなった」

半次は眉をひそめた。

「うむ。茂平を殺した奴に連れ去られたのかもしれない」

「そうですか……」

「ま、詳しく知りたければ、竹花村の庄屋の善助《ぜんすけ》さんに訊くんだね」

宿場役人は告げた。

半次は、宿場役人に礼を云って竹花村に急いだ。

西堀留川は鈍色に輝いていた。

薬種問屋『秀宝堂』は、暖簾《のれん》を掲げていつも通りに商いをしていた。

半兵衛は、音次郎と共に薬種問屋『秀宝堂』の周囲を見廻り、不審な者がいないのを見定めた。

「変わった事はありませんね」

「うむ……」

「さっき、清助を呼び出し、それとなく訊いたんですが、おふみは女中たちと一緒に楽しげに働いているそうですよ」

「そうか。やはり、盗賊の押し込みとは拘わりないのかもしれないな」

半兵衛は、おふみが盗賊一味であり、押し込みの為に送り込まれた手引き役かもしれないと睨んだ。しかし、おふみにそうした気配は窺《うかが》えなかった。

「ええ……」

音次郎は頷いた。

半兵衛は、薬種問屋『秀宝堂』を眺めた。

やって来た半纏《はんてん》を着た若い男が、薬種問屋『秀宝堂』の表を掃除していた小僧に何事かを尋ねた。

小僧は何事かを答えた。

半纏を着た若い男は、薬種問屋『秀宝堂』を鋭く一瞥《いちべつ》して通り過ぎて行った。

何者だ……。

半兵衛は、薬種問屋『秀宝堂』を窺った半纏を着た若い男が気になった。

「音次郎、今の半纏を着た男、ちょいと追ってみるよ」

「えっ、何かありましたか……」

「いや。ちょいと気になってね」

「承知しました」

「じゃあ……」

半兵衛は、音次郎を残して半纏を着た若い男を追った。

半纏を着た若い男は、西堀留川沿いを道浄橋《どうじょうばし》に向かった。

半兵衛は、巻羽織《まきばおり》を脱いで追った。

竹花村の田畑の緑は、眩《まぶ》しく輝いていた。

半次は水戸街道を進み、竹花村の庄屋の屋敷を訪れた。

庄屋の善助は、半次を庭先に通して縁側に腰掛けるように勧めた。

半次は、礼を云って縁側に腰掛け、茂平とおふみについて訊いた。

「十二年程前でしたか、茂平が流行病《はやりやまい》で死んだ甥《おい》夫婦の子供を引き取ったのは……」

「その子供がおふみですか……」

「ええ。四歳ぐらいでしてね。茂平、そりゃあもう可愛がって育てましてね」

庄屋の善助は微笑んだ。

「じゃあ、茂平とおふみ、仲は良かったのですか……」

「そりゃあもう、本当の祖父さんと孫のようだったよ」

「そうですか……」

茂平とおふみの仲が良かったのは、おそらく間違いのない事なのだ。

「それなのに、茂平が殺され、おふみが行方知れずになるとは……」

庄屋の善助は、茂平とおふみを哀れんだ。

一月前、茂平は殺されておふみが消えた。そして、茂平とおふみは、薬種問屋『秀宝堂』に現れていた。

現れた茂平とおふみは、どう云う素性《すじょう》の者たちなのか……。
半次は想いを巡らせた。
深川永代寺門前町《ふかがわえいたいじもんぜんちょう》の岡場所は、連なる女郎屋が華やかな暖簾を揺らしていた。
半纏を着た若い男は、連なる女郎屋の一軒に入った。
半兵衛は見届け、女郎屋を窺った。
女郎屋は『東雲楼《しののめろう》』、張見世《はりみせ》の籬《まがき》の内には数人の女郎が白粉《おしろい》の匂いを漂わせていた。
半兵衛は、『東雲楼』の張見世の女郎たちを眺めながら帳場を窺った。
帳場では、半纏を着た若い男が親方らしき初老の男に何事かを告げていた。
半纏を着た若い男は、女郎屋『東雲楼』の男衆《おとこし》なのだ。
半兵衛は見定めた。
何故、女郎屋の男衆は、薬種問屋『秀宝堂』を窺っていたのだ。
半兵衛は眉をひそめた。
三味線《しゃみせん》の音色と男と女の笑い声が、女郎屋『東雲楼』の二階から賑やかに洩れて来た。

半兵衛は、思わず見上げて苦笑した。

小さな百姓家は空き家になって一月が過ぎ、荒れ始めていた。

半次は、茂平の家を訪れた。

茂平とおふみは、此処《ここ》で十二年もの間仲良く暮らしていた。そして、茂平は何者かに頭を殴られて殺され、おふみはいなくなったのだ。

茂平は、誰にどうして殺されたのだ……。

半次は、狭い家の中を見廻した。

黒く乾いた雫《しずく》の跡が続いていた。

半次は、黒く乾いた雫の跡を指先で擦《こす》った。

「血……」

半次は、指先に付いた黒い雫の跡を見て眉をひそめた。

殺された茂平が動ける筈はない。

ならば、誰の血なのだ……。

半次は想いを巡らせた。

日は暮れた。

薬種問屋『秀宝堂』は何事もなく、その日の商いを終えて暖簾を仕舞った。

老番頭の百蔵は、旦那の嘉兵衛や二番番頭と帳簿を検め、薬草の仕入れなどの打ち合わせをして『秀宝堂』を出た。そして、小舟町《こぶなちょう》にある自宅に向かった。

百蔵は雲母橋を渡り、西堀留川沿いの道を東に進んだ。小舟町はその先にあった。

「百蔵……」

半兵衛が、道浄橋の袂に佇んでいた。

「これは、白縫さま……」

百蔵は、半兵衛に僅《わず》かに腰を屈めた。

「おふみの様子、どうかな……」

「はい。今日も女中たちと良く働いて、旦那さまやお内儀さまにも良く尽くしておいでにございます」

「妙な処はないか……」

「はい」

百蔵は頷いた。

「処で百蔵、深川の岡場所にある東雲楼と云う女郎屋を知っているかな」

半兵衛は、薬種問屋『秀宝堂』と深川『東雲楼』に何らかの拘わりがあるかどうか見定めようとした。

「深川の東雲楼にございますか……」

百蔵は戸惑った。

「親方は藤五郎《とうごろう》と云う奴だ」

「藤五郎ですか……」

「そうだ……」

「存じませんねえ」

百蔵は、深川『東雲楼』と親方の藤五郎を知らなかった。

「じゃあ、秀宝堂と拘わりはないか……」

「手前の知る限りでは……」

百蔵は、首を横に振った。

「拘わりはないか。いや、良く分かった」

半兵衛は頷いた。

女郎屋『東雲楼』と薬種問屋『秀宝堂』に拘わりはないが、おふみがあるのかもしれない。

半兵衛は、不意に浮かんだ己の睨みに戸惑いを覚えた。

「白縫さま。まさか、おふみさまが東雲楼と拘わりがあると……」

百蔵は、不安を滲ませた。

「いや。それはあるまい……」

半兵衛は笑い、思わず百蔵の心配と不意に浮かんだ己の睨みを否定した。

三

薬種問屋『秀宝堂』は暖簾を掲げた。

音次郎は、小僧を稲荷堂《いなりどう》に連れて来た。

「やあ……」

稲荷堂には半兵衛が待っていた。

小僧は、緊張に強張《こわば》っていた。

「ちょいと訊きたい事があってね」

半兵衛は、穏やかに笑い掛けた。

「は、はい……」

「昨日、店の前を掃除していた時、半纏を着た若い男が来て、お前に何か尋ねていたね」

「えっ、はい……」

小僧は頷いた。

「何を訊かれたんだい……」

「近頃、秀宝堂に行方知れずだったお嬢さんが帰って来たそうだが、本当かって……」

小僧は、緊張に声を微《かす》かに震わせた。

「お嬢さんの事を訊いたんだね」

半兵衛は念を押した。

「はい。それで、そうだと云ったら、行ってしまいました」

「そうか、良く分かった。造作を掛けたね」

「助かったぜ。さ、早く店に戻りな」

音次郎は、小僧を解放した。

小僧は、満面に安堵を浮かべて小走りに『秀宝堂』に戻って行った。

「やはり、おふみか……」

半兵衛は、『東雲楼』の男衆が何しに『秀宝堂』に来たのか見定めた。

「旦那、秀宝堂の旦那は、おふみの事を世間に云っちゃあいません。どうして、深川の女郎屋の男衆が知っていたんですかね」

音次郎は眉をひそめた。

「うむ。その辺に何かありそうだな」

半兵衛は睨んだ。

「はい……」

「よし。音次郎、深川の岡場所に行き、東雲楼の親方の藤五郎、どんな奴かちょいと探ってみてくれ」

半兵衛は指示した。

「合点です」

音次郎は頷いた。

日本橋川沿《にほんばしがわ》いの道を東に下り、大川に架かる永代橋《えいたいばし》を渡ると深川だ。

「じゃあ、御免なすって……」

音次郎は、小走りに日本橋川に向かった。

半兵衛は見送り、薬種問屋『秀宝堂』を眺めた。

小僧が、三挺の町駕籠《まちかご》を呼んで来た。

主の嘉兵衛とお内儀のおきちが、おふみを伴って店から出て来て町駕籠に乗った。そして、番頭の百蔵たち奉公人に見送られ、手代の清助と女中をお供に日本橋の通りに向かった。

何処に行くのだ……。

半兵衛は追った。


昼前、深川の岡場所は泊まりの客も帰り、人通りは少なかった。

女郎屋『東雲楼』の張見世に女郎はいなく、閑散としていた。

音次郎は、女郎屋『東雲楼』と主の藤五郎の評判を訊いて歩いた。

女郎屋『東雲楼』には十数人の遊女がおり、阿漕《あこぎ》な商売をしている訳でもなく評判は悪くなかった。

主の藤五郎はどうなのだ……。

音次郎は、藤五郎の人柄を探った。

「東雲楼の藤五郎かい……」

深川永代寺門前町の自身番の老番人は、白髪眉をひそめた。

「ええ。どんな人なんですかね」

「深川の岡場所じゃあ、大人しく真っ当な商いをしているよ」

深川の岡場所は歴史も古く、深川七場所と云われるように分散してあった。そして、品川《しながわ》、新宿《しんじゅく》、板橋《いたばし》、千住などの岡場所の中でも一番の人気がある。それだけに組織もしっかりしており、下手な真似をしたら仲間内から厳しい制裁を受ける事もある。

「だけど、元々は賭場《とば》の貸元《かしもと》でね。腹の内では、何を考えているのか分かりゃあしねえよ」

「そんな奴なんですかい……」

「ああ。貸元としちゃあ、評判は悪いよ」

「へえ。じゃあ、客が金を持っているとみれば、端《はな》は調子良く勝たせて博奕にのめり込ませ、次は負けを重ねさせて借金を作らせ、毟《むし》り取るって寸法ですかい」

自称元博奕打ちの音次郎は、賭場の貸元の手口を知っている。

「そいつも一度にやらず、長い間の金蔓《かねづる》にするってあくどい手口でね。今は東雲楼の客に借金を作らせているのかもな」

老番人は苦笑した。

「じゃあ、裏じゃあ何をしているか分かりませんかい……」

音次郎は読んだ。

「ああ。藤五郎、表向きは真っ当な商いをしている女郎屋の親方だが、油断の出来ねえ野郎だよ」

老番人は吐き棄てた。


下谷《したや》『宗源寺《そうげんじ》』は、新寺町《しんてらまち》の寺の連なりの中にあった。

『宗源寺』の墓地には、線香の煙りと匂いが漂い、住職の読む経が流れていた。

薬種問屋『秀宝堂』の嘉兵衛とおきち夫婦は、十二年振りに帰って来た娘のおふみを伴って先祖の墓参りに来た。

嘉兵衛、おきち、おふみは、先祖代々の苔《こけ》むした墓に手を合わせていた。

おふみは、十六歳とは思えぬ落ち着いた様子だった。

行方知れずになっていた十二年は、おふみに苦労以外のものも与えたようだ。

半兵衛は読んだ。

住職の読経《どきよう》は続いた。

半兵衛は、境内《けいだい》に廻った。

境内の片隅には、手代の清助と女中が三挺の町駕籠と一緒に待っていた。

駕籠を待たせているのは、墓参りを終えて真っ直ぐ薬種問屋『秀宝堂』に帰るからなのかもしれない。

半兵衛は読んだ。

手代の清助が、半兵衛に気が付いた。

半兵衛は、目顔で本堂の陰に呼んだ。

清助は、女中に何事かを云い残して本堂の陰にやって来た。

「白縫さま……」

清助は、緊張した眼を向けた。

「若旦那の文吉はどうしている」

「相変わらず、お嬢さまを偽者じゃあないかと疑っているようですが……」

「ですが、どうした……」

「はい。時々、本物のおふみさまだと思える事もあると……」

「文吉がそう云っているのか……」

「はい。何がどうだって訳じゃあなく、何となくだそうですが……」

清助は、首を捻りながら告げた。

「何となくね。本当の兄妹なら、そんな事があっても不思議はないが……」

半兵衛は、文吉のおふみに対する見方が変わり始めているのを知った。

「処《ところ》で清助、旦那たちは此の後、真っ直ぐ秀宝堂に帰るんだね」

「は、はい。左様にございます」

清助は頷いた。

「そうか。ではな……」

半兵衛は、『宗源寺』の境内を後にした。


北町奉行所には、半次が松戸から帰って来ていた。

「旦那……」

「おう。戻っていたかい」

「はい……」

半次は頷いた。

「よし、じゃあ、話を聞かせて貰おう」

半兵衛は、半次を一石橋の袂の蕎麦屋に伴った。

「御苦労だったね」

半兵衛は、半次の猪口《ちょこ》に酒を満たした。

「こいつは畏《おそ》れ入ります」

「で……」

半兵衛は、手酌で己の猪口を満たし、半次を促した。

「はい……」

半次は、猪口の酒を飲み干した。

「松戸に茂平はいました」

「いたか……」

「はい。十二年前に流行病で死んだ甥夫婦の四歳になる娘を引き取り、随分と仲良く暮らしていたそうです」

「その四歳になる娘ってのが、おふみかい」

「きっと。ですが、茂平は一月前、何者かに殴り殺されていました」

「なに……」

半兵衛は戸惑った。

「茂平は一月前に殺されていたんです」

「じゃあ、おふみは……」

「その時、行方知れずに……」

「ならば、秀宝堂にやって来た松戸の茂平は誰なのだ……」

半兵衛は眉をひそめた。

「分からないのは、それなんです」

半次は、腹立たしげに告げた。

「よし。仔細《しさい》を話してくれ」

「はい……」

半次は、松戸での探索の仔細を半兵衛に報せた。そして、空き家になった茂平の家に残されていた僅かな血痕が、裏の小川に続いていたのを告げた。

「舟か……」

半兵衛は睨んだ。

「はい。茂平は田舟《たぶね》を持っていて、裏の小川の杭《くい》に繋いであったそうですが、殺された日以来、なくなったそうです」

「ならば、茂平を殴り殺した奴が、何故か手傷を負い、血を滴《したた》らせながら裏の小川に行き、茂平の田舟に乗って逃げた……」

半兵衛は読んだ。

「きっと……」

半次は頷いた。

「で、おふみはどうしたのかだな」

「はい。ひょっとしたら、茂平を殺した奴が連れ去ったのかもしれませんね」

半次は眉をひそめた。

「だったら、血はおふみのものかもしれないか……」

「はい……」

「うむ。そして一月後、おふみは茂平の名を騙る奴と秀宝堂に現れた」

「何処の誰なんですかね、秀宝堂に現れた茂平は……」

「そして今、何処にいるかだ……」

半兵衛は、厳しさを滲《にじ》ませた。

「お帰りなさい。親分……」

音次郎が、蕎麦屋に入って来た。

「おう。良く分かったな」

「はい。門番の定市《さだいち》さんから、旦那と親分が連れ立って出て行ったと聞きましてね。ひょっとしたら此処《こ こ》かなと思いまして……」

「そうか……」

「はい。父っつあん、かけ蕎麦の大盛り一丁頼むぜ」

音次郎は、大声で板場にいる亭主に注文した。

「半次、音次郎には……」

半兵衛は、音次郎が深川の女郎屋『東雲楼』と親方の藤五郎を調べて来た事を半次に教えた。

「で、どうだったのだ」

「はい……」

音次郎は、女郎屋『東雲楼』と親方の藤五郎の評判を話し始めた。そして、話が終わるのを見計らったように、かけ蕎麦の大盛りが運ばれて来た。

音次郎は、かけ蕎麦をすすり始めた。

「そうか、東雲楼の藤五郎、裏で何をしているか分からない油断のならない奴か……」

「はい。賭場の貸元の頃は、かなり阿漕な真似をしていたようです」

「旦那、今度の一件にそんな奴が絡んでいるとは思いませんでしたね」

半次は眉をひそめた。

「うむ。東雲楼の藤五郎の狙いが何か、ちょいと調べてみるか……」

「そいつが良いかもしれませんね」

半次は頷いた。

「あっしもそう思います」

音次郎は、かけ蕎麦をすすりながら告げた。


陽が西に傾き、深川の岡場所は賑わい始めた。

半兵衛は、半次に薬種問屋『秀宝堂』に張り付かせ、音次郎と深川の『東雲楼』の見張りについた。

『東雲楼』の張見世の女郎たちは、籬越しに客と遣《や》り取《と》りをしていた。

「良い調子ですね」

「まったくだ」

半兵衛は苦笑した。

「旦那……」

音次郎は、『東雲楼』から出て来た藤五郎と男衆を示した。

藤五郎と男衆は、賑わう岡場所から永代橋に向かった。

「追うよ」

「合点です」

半兵衛と音次郎は、藤五郎と男衆を追って人込みを進んだ。

江戸湊《えどみなと》には千石船が見えた。

藤五郎と男衆は、江戸湊を南に眺めながら大川《おおかわ》に架かっている永代橋を渡った。

「旦那……」

「さあて、永代橋を渡って日本橋川沿いを行くのかな……」

日本橋川沿いを進めば、西堀留川に出て薬種問屋『秀宝堂』に行ける。

藤五郎と男衆は、薬種問屋『秀宝堂』に行くのか……。

半兵衛と音次郎は、藤五郎と男衆を追った。

薬種問屋『秀宝堂』は繁盛していた。

半次は見張った。

羽織を着た初老の男が、半纏を着た若い男を従えてやって来た。

初老の男は、半纏を着た若い男を残して薬種問屋『秀宝堂』に入った。

半纏を着た若い男は、行き交う人々の中の女を薄笑いを浮かべて眺めた。

半次は苦笑した。

「親分……」

音次郎が背後に現れた。

「おう。どうした……」

半次は戸惑った。

「野郎、東雲楼の男衆でしてね」

音次郎は、半纏を着た若い男を示した。

「じゃあ、秀宝堂に入った初老の男が東雲楼の藤五郎か……」

半次は読んだ。

「はい。何しに来たのか……」

「旦那はどうした」

「秀宝堂の裏に廻りました」

「そうか。さあて、何が始まるのか……」

半次は、緊張した眼で薬種問屋『秀宝堂』を見詰めた。

四

薬種問屋『秀宝堂』の店には、顧客用の座敷がある。

二番番頭は、旦那に用があると訪れた藤五郎を店の座敷に通し、嘉兵衛に報せた。

藤五郎は、出された茶を飲みながら嘉兵衛が来るのを待った。

「お待たせ致しました。主の嘉兵衛にございます」

嘉兵衛がやって来た。

「手前は深川東雲楼の藤五郎と申します」

「はい。それで何か……」

「他でもありませんが、手前共の店に十日以上も居続けている年寄りがおりましてね」

「年寄り……」

嘉兵衛は戸惑った。

「ええ。その年寄りが申すには、瀬戸物町の薬種問屋秀宝堂に十二年振りに帰って来た娘は、凶状持《きようじようもち》だと云っていましてね……」

藤五郎は囁き、その眼を狡猾《こうかつ》に光らせた。

「凶状持……」

嘉兵衛は驚いた。

凶状持とは、凶悪な罪を犯して追われている者の事だ。

「はい。秀宝堂のお嬢さまは凶状持だと……」

「き、凶状持とはどのような……」

嘉兵衛は混乱した。

「何でも、人を殺《あや》めたとか……」

「人を殺めた……」

嘉兵衛は、喉を引き攣らせた。

「はい。それで、手前共もお上に届けるかどうか迷いまして……」

藤五郎は、嘉兵衛の反応を窺った。

「お上に……」

嘉兵衛は狼狽《うろた》えた。

「ですが、お上に届ければ、凶状持が本当であれ偽りであれ、お嬢さまは只《ただ》ではすみません。それで、先ずは秀宝堂の旦那さまにお報せしてからと思い、参った次第にございます」

「藤五郎さんと仰いましたね」

嘉兵衛は、懸命に自分を落ち着かせようとした。

「左様にございます」

「わざわざお報せ下さいまして、忝《かたじけの》うございます。して、その居続けている年寄り、名前は何と……」

「松戸から来た茂平さんにございます」

「茂平……」

嘉兵衛は眉をひそめた。

茂平は、おふみを松戸から連れて来てくれた年寄りだった。嘉兵衛は、茂平に二十五両の切《き》り餅《もち》一つを謝礼金として渡した。茂平は、謝礼金を持って松戸に帰った筈だ。

「はい。それで、手前共としては、宜しければお嬢さまが凶状持かどうかを、調べてみようかと……」

藤五郎は、狡猾な薄笑いを浮かべて嘉兵衛を見詰めた。

「藤五郎さん……」

嘉兵衛は不安を浮かべた。

「旦那さま、百両程出して戴ければ、調べるのを止めるのも吝《やぶさ》かではありませんが……」

藤五郎は嘲《あざけ》りを浮かべた。

「百両出せば、調べぬと云うのですか……」

嘉兵衛は、藤五郎に縋《すが》る眼差しを向けた。

「はい。でなければお上に報せるか、手前共が調べる事に……」

藤五郎は、勝ち誇ったような笑みを浮かべた。

「よし。そこ迄だ……」

半兵衛が現れ、後ろ手に襖《ふすま》を閉めた。

「し、白縫さま……」

嘉兵衛は戸惑った。

藤五郎は、町奉行所同心が現れたのに凍《い》て付《つ》いた。

「東雲楼の藤五郎、お前の強請《ゆすり》、確《しか》と見せて貰ったよ」

「お、お役人さま、秀宝堂の娘は……」

藤五郎は慌てた。

「黙れ、藤五郎」

半兵衛は一喝《いっかつ》した。

藤五郎は怯《ひる》んだ。

「秀宝堂の娘が何をしたかは私が調べる。お前は強請《ゆすり》を働いた咎《とが》で大番屋に来て貰う」

半兵衛は、藤五郎に厳しく告げた。

「冗談じゃあねえ」

藤五郎は本性を剝《む》き出《だ》しにし、匕首《あいくち》を抜いて半兵衛に突き掛かった。

半兵衛は躱《かわ》し、藤五郎の首筋に手刀《てがたな》を鋭く打ち込んだ。

藤五郎は、眼を剝いて気を失った。

半兵衛は、半次と音次郎に命じて『東雲楼』の男衆を捕らえ、藤五郎と一緒に南茅場町《みなみかやばちょう》の大番屋の仮牢に入れた。そして、深川『東雲楼』に急いだ。

深川の女郎屋『東雲楼』は、客で賑わっていた。

半兵衛は、半次や音次郎と『東雲楼』にあがり、遣《や》り手《て》に茂平の処に案内させた。

小柄な老爺は女物の派手な襦袢《じゅばん》を纏《まと》い、奥の座敷で厚化粧の年増女郎と酒を飲んでいた。

半兵衛は、半次と音次郎を従えて踏み込んだ。

「な、なんだ……」

老爺は狼狽《うろた》えた。

「お前が松戸から来た茂平かい」

半兵衛は、茂平に笑い掛けた。

「へ、へい……」

老爺は頷いた。

「馬鹿云え、年甲斐《としがい》もない格好をしやがって、松戸の茂平が一月前に殺されたのは、知っているんだ。手前、何処の誰なんだい」

半次は、老爺を厳しく睨み付けた。

「あ、あっしは、伊吉《いきち》ってけちな野郎です」

老爺は、慌てて伊吉と名乗った。

「伊吉、稼業はなんだい……」

半兵衛は、伊吉が裏渡世の者だと踏んだ。

「へ、へい……」

「正直に云わないと、只じゃあすまないよ」

半兵衛は、厳しく見据えた。

「へい。あっしは水戸街道で稼がせて貰っている者でして、へい……」

伊吉は、言葉を濁した。

「道中師《どうちゅうし》か……」

半兵衛は見抜いた。

「へい……」

伊吉は項垂《うなだ》れた。

道中師とは、道中で旅人の金品を欺《あざむ》き盗む者であり、胡麻《ごま》の蠅《はえ》とも云った。

「その道中師の伊吉が、どうして松戸の茂平と名乗り、おふみと一緒に薬種問屋の秀宝堂に行ったのだ」

半兵衛は、肝心な事を訊き始めた。

「そ、それは、おふみに頼まれて……」

伊吉は、怯《おび》えに声を震わせた。

「おふみに頼まれた……」

半兵衛は眉をひそめた。

「へい。本当です。おふみに頼まれたんです」

「じゃあ訊くが、おふみとはどんな拘わりなのだ」

「ありゃあ一月程前ですか。松戸の近くの中根村《なかねむら》って処で野宿をしていたら、小川に田舟が流れて来ましてね。田舟には、若い女が気を失って倒れていましてね。左脚の太股から血を流して……」

伊吉は、遠い昔を思い出すように告げた。

「その若い女がおふみだったのか……」

「へい。それで、あっしが助けて、近くの寺に担ぎ込んで、和尚《おしよう》さんに太股の怪我の手当てをして貰ったんです」

「で、それからどうした」

「おふみは寺で怪我の養生《ようじよう》をし、あっしは稼業に励み、竹花村で茂平って爺さんが殴り殺され、孫娘が行方知れずになったと聞いたんです。あっしは、行方知れずになった孫娘がおふみだと気が付きました。そして、ひょっとしたら、おふみが茂平を殺したんじゃあないかと思いまして、おふみに訊いたんです」

「おふみは、何て答えたのだ」

「へい。そんな事より、お金儲けをしないかと……」

「金儲け……」

「ええ。自分を江戸の瀬戸物町って処にある秀宝堂って薬種問屋に連れて行ってくれれば、お金儲けが出来ると……」

伊吉は、媚《こ》びるような笑みを浮かべた。

「それで、おふみを連れて江戸に出て来たのか……」

「へい……」

伊吉は頷いた。

「よし。半次、伊吉をお縄にして大番屋に放り込め」

「だ、旦那……」

伊吉は、慌てて半兵衛に取り縋ろうとした。

「煩《うる》せえ、神妙にしろ」

半次は、伊吉を突き飛した。

音次郎は、倒れた伊吉に素早く縄を打った。

「旦那……」

「うん。伊吉の話が本当なら、おふみがどう出るかだ……」

半兵衛は、微かな不安を覚えた。

おふみは、藤五郎が薬種問屋『秀宝堂』で捕縛《ほばく》されたのを知り、何が起きているか気が付いた筈だ。

そして、どうするか……。

半兵衛は懸念した。

「旦那、伊吉は引き受けました。音次郎を連れて急いで秀宝堂に……」

半次は、半兵衛の懸念を読んだ。

「うむ……」

半兵衛は、不吉な予感に襲われた。


日本橋川の流れは緩やかだった。

おふみは、日本橋川に架かっている江戸橋《えどばし》の上に佇んだ。

日本橋川には、江戸橋の下で楓川が流れ込み、下流には南茅場町と小網町《こあみちょう》を結ぶ鎧《よろい》ノ渡《わたし》の渡し船が見えた。

楽しい数日は、今迄の運の悪さを忘れさせてくれた……。

おふみの眼には、涙が湧いて溢れた。

鎧ノ渡の渡し船は涙に滲んだ。


おふみの姿が、薬種問屋『秀宝堂』から消えた。

嘉兵衛とおきちは、大番頭の百蔵と手代の清助に店と母屋《おもや》を捜させた。だが、おふみは何処にもいなかった。

おふみは再び消えたのか……。

嘉兵衛とおきちは、激しく狼狽えた。

「嘉兵衛、おふみは何処だ……」

半兵衛が、音次郎を連れて駆け付けて来た。

「白縫さま、おふみがいなくなりました」

嘉兵衛は、嗄れ声を震わせた。

「やはり……」

半兵衛は、己の不吉な予感が当たったのを知った。

「旦那……」

「音次郎、日本橋川だ」

半兵衛は、もしおふみが身投げをするとしたら日本橋川だと睨んだ。

「合点です」

音次郎は、猛然と日本橋川に走った。

半兵衛は続いた。


おふみは、江戸橋から日本橋川に身を躍らせた。

行き交う人々は驚き、悲鳴をあげた。

「身投げだ」

「女が飛び込んだ」

人々は、欄干《らんかん》に寄って叫んだ。

「退《ど》け、退いてくれ」

駆け寄って来た音次郎が、江戸橋の欄干を蹴って日本橋川に飛び込んだ。

半兵衛は、江戸橋の下の船着場に駆け下りた。そして、繋がれていた猪牙舟《ちょきぶね》に飛び乗り、船頭に直ぐに出せと命じた。

音次郎は泳ぎ、流されて行くおふみに追い縋った。

おふみは、気を失っていた。

音次郎はおふみを捕まえ、息が出来るように仰向《あおむ》けにした。

荷船や猪牙舟が、音次郎とおふみの周りに集まり始めた。

助かる……。

半兵衛は、微かな安堵を覚えた。


薬種問屋『秀宝堂』は緊張に覆われた。

おふみは、奥座敷に運ばれ、駆け付けた医者の診察を受けた。

医者は、おふみに水を吐かせて手当てをした。

おふみの命に別状はない……。

医者は、そう見極めて帰った。

嘉兵衛とおきちは安堵の溜息を洩らし、半兵衛と音次郎に深々と頭を下げて礼を述べた。

おふみは気を取り戻した。

半兵衛は、嘉兵衛とおきち夫婦、そして若旦那の文吉を奥座敷に呼び、駆け付けた半次と音次郎に奉公人が近付かないように見張らせた。

「さあて、おふみ、いろいろ訊かせて貰うよ」

半兵衛は、半身を起こしているおふみに笑い掛けた。

「はい……」

おふみは、覚悟を決めたように頷いた。

「道中師の伊吉はお縄にしたよ」

「はい……」

おふみは、半兵衛が伊吉から何もかも訊き出しているのを知った。

「して、何故に松戸の茂平を殺めたんだい」

半兵衛は訊いた。

嘉兵衛、おきち、文吉は、おふみを凝然《ぎょうぜん》と見詰めた。

「茂平は、私を孫として可愛がって育ててくれました。病になった時は寝ずに看病してくれ、寒くないか、暑くないか、腹は空いていないかと。私も茂平を実の祖父だと思って甘え、貧乏でしたけど二人で仲良く暮らして来ました。そして一月前、私は物置にあった葛籠《つづら》の中から、小さな女の子の上等な着物を見付けたんです」

「小さな女の子の上等な着物……」

「はい。大店のお嬢さんが着るような、可愛い柄の上等な着物です。それで、私は茂平にどう云う着物か尋ねました。そうしたら、茂平は言葉を濁《にご》して誤魔化《ごまか》そうとしたのです」

「誤魔化そうとしたのか……」

「はい。それで、私は着物が自分と拘《かか》わりがあるのだと思い、茂平にしつこく訊き続けました。そうしたら、そうしたら茂平は怒り……」

おふみは、哀しげに項垂れた。

「茂平は怒って、どうしたのだ」

「お前は子供の時、自分が攫《さら》って来たんだと云ったのです。私は驚きました。そして、じゃあ私は、何処の誰なんだと訊きました。でも、茂平は笑うだけで教えてくれませんでした。私はかっとして、思わず囲炉裏端にあった薪《まき》で茂平を殴ったのです」

「それで、争いになったのか……」

「はい。私は自分が何処の誰か、親兄弟はいるのか知りたい一心で、教えなければ殺すと茂平を殴り続けました」

「それで、茂平は江戸は瀬戸物町の薬種問屋秀宝堂の子だと云ったんだね」

「はい。そう云って死にました。私は茂平を殺したのです。人殺しなんです……」

おふみは、淋しげな笑みを過ぎらせた。

「争いの時、左脚を怪我したのだね」

「はい。いつの間にか……」

「それで逃げ出したんだね」

「いいえ。江戸に行こうと思いました。薬種問屋秀宝堂に行き、本当の親兄弟に逢いたいと思ったんです。ですが、怪我をした脚から血が滴り、私は歩けなくなり、裏の小川にあった田舟に乗って流され、気を失いました」

「で、道中師の伊吉に助けられ、寺に担ぎ込まれたのだね」

「はい。そして、怪我の手当てと養生をさせて貰いました」

「それから伊吉が茂平の死を知り、おふみの仕業《しわざ》だと見抜いたのだな」

「はい。それで、江戸の薬種問屋秀宝堂に連れて行ってくれれば、金儲けになると伊吉を誘いました」

「伊吉は引き受け、茂平に扮《ふん》して秀宝堂に連れて来てくれたか……」

「はい。お蔭で秀宝堂の娘として楽しい日々を過ごせました。でも、茂平を殺した私には、過ぎた日々でした……」

「それで、秀宝堂と親兄弟に迷惑を掛けないように、身投げをしたのだね」

「はい。実の家族との楽しい思い出も漸《ようや》く出来ましたから……」

おふみは微笑んだ。

「おふみ……」

お内儀のおきちは、おふみを抱いて泣き崩れた。

「白縫さま、悪いのは茂平です。おふみを攫った茂平です。おふみは、家に、親兄弟の許に帰りたかっただけなのです。どうか、どうかお目溢《めこぼ》し下さい。お願いにございます」

嘉兵衛は、半兵衛に手を突いて頼んだ。

「白縫さま、妹のおふみを、妹のおふみを助けてやって下さい」

若旦那の文吉は、涙で頰を濡らした。

「嘉兵衛、おきち、文吉、助けてやるもやらぬも、おふみは子供の時に人攫いに攫われて無我夢中で逃げ出し、漸く実の親兄弟のいる家に帰って来ただけだよ」

半兵衛は微笑んだ。

「し、白縫さま……」

嘉兵衛は、衝《つ》き上《あ》げる喜びに言葉を失った。

「おふみ、二度と死のうなんて馬鹿な料簡《りようけん》を起こしちゃあならないよ」

「白縫さま……」

おふみは呆然とした。

「嘉兵衛、おきち、文吉、漸く帰って来たおふみだ、親子兄妹仲良く暮らすんだね」

半兵衛は座を立った。

おふみは、子供のように泣き伏した。


日本橋川は緩やかに流れていた。

半兵衛は、半次や音次郎と日本橋川沿いの道を南茅場町の大番屋に向かった。

「良かったですね、旦那……」

音次郎は、自分の事のように嬉しげに笑った。

「うん……」

「で、旦那、道中師の伊吉と東雲楼の藤五郎、叩けば埃《ほこり》がいろいろ舞い上がりますか……」
半次は、伊吉と藤五郎の始末をどうつけるか考えていた。
「ああ、どの埃を使うかは、おふみをさっさと忘れるかどうかだな」
半兵衛は苦笑した。
世の中には、私たちが知らぬ顔をした方が良い事もある……。
おふみは、自分の四歳から十六歳迄の十二年間を早々に忘れた方が良いのだ。
日本橋川を吹き抜ける風は、半兵衛の鬢《びん》の解《ほつ》れ髪《がみ》を揺らした。

この作品は双葉文庫のために書き下ろされました。

双葉文庫

ふ-16-44

新《しん》・知《し》らぬが半兵衛《はんべえ》手控帖《てびかえちょう》

思案橋《しあんばし》

2017年7月16日　第1刷発行

【著者】
藤井邦夫《ふじいくにお》

【発行者】
稲垣潔
【発行所】
株式会社双葉社
〒162-8540 東京都新宿区東五軒町3番28号
［電話］03-5261-4818(営業)　03-5261-4833(編集)
www.futabasha.co.jp
（双葉社の書籍・コミックが買えます）
【印刷所】
中央精版印刷株式会社
【製本所】
中央精版印刷株式会社

【表紙・扉絵】南伸坊
【フォーマット・デザイン】日下潤一
【フォーマットデジタル印字】飯塚隆士

落丁・乱丁の場合は送料双葉社負担でお取り替えいたします。
「製作部」宛にお送りください。
ただし、古書店で購入したものについてはお取り替えできません。
［電話］03-5261-4822(製作部)

定価はカバーに表示してあります。

ISBN978-4-575-66838-4 C0193
Printed in Japan

藤井邦夫

知らぬが半兵衛手控帖
姿見橋

長編時代小説
〈書き下ろし〉

「世の中には知らん顔をした方が良いことがある」と嘯く、北町奉行所臨時廻り同心白縫半兵衛が見せる人情裁き。シリーズ第一弾。

藤井邦夫

知らぬが半兵衛手控帖
投《な》げ文《ぶみ》

長編時代小説
〈書き下ろし〉

かどわかされた呉服商の行方を追ううちに浮かび上がる身内の思惑。北町奉行所臨時廻り同心白縫半兵衛が見せる人情裁き。シリーズ第二弾。

藤井邦夫

知らぬが半兵衛手控帖
半化粧《はんげしょう》

長編時代小説
〈書き下ろし〉

鎌倉河岸で大工の留吉を殺したのは、手練れの辻斬りと思われた。探索を命じられた半兵衛の前に女が現れる。好評シリーズ第三弾。

藤井邦夫

知らぬが半兵衛手控帖
辻斬り

長編時代小説
〈書き下ろし〉

神田三河町で金貸しの夫婦が殺され、自供をもとに取り立て屋のおときが捕縛されたが、不審なものを感じた半兵衛は……。シリーズ第四弾。

藤井邦夫

知らぬが半兵衛手控帖
乱れ華《ばな》

長編時代小説
〈書き下ろし〉

凶賊・土蜘蛛の儀平に裏をかかれた北町奉行所臨時廻り同心・白縫半兵衛は内通者がいると睨んで一か八かの賭けに出る。シリーズ第五弾。

藤井邦夫

知らぬが半兵衛手控帖
通《かよ》い妻

長編時代小説
〈書き下ろし〉

瀬戸物屋の主が何者かに殺された。目撃証言から、ある女に目星をつけた半兵衛だったが、その女は訳ありの様子で……。シリーズ第六弾。

藤井邦夫

知らぬが半兵衛手控帖
籠《かご》の鳥

時代小説
〈書き下ろし〉

北町奉行所臨時廻り同心の白縫半兵衛は、鎌倉河岸近くで身投げしようとしていた女を助けたのだが……。好評シリーズ第七弾。

藤井邦夫
知らぬが半兵衛手控帖
離縁状
長編時代小説
〈書き下ろし〉
音羽に店を構える玩具屋の娘が殺された。白縫半兵衛は探索にかかるが、事件は思いもよらぬ方へころがりはじめる。好評シリーズ第八弾。

藤井邦夫
知らぬが半兵衛手控帖
捕違《とりちが》い
長編時代小説
〈書き下ろし〉
本所竪川沿いの空き家から火の手があがり、付近で酔いつぶれていた男が付け火の罪で捕縛されたのだが……。好評シリーズ第九弾。

藤井邦夫
知らぬが半兵衛手控帖
無縁坂
長編時代小説
〈書き下ろし〉
北町奉行所与力・松岡兵庫の妻女が行方知れずになった。捜索に乗り出した半兵衛の前に浪人者の影がちらつき始める。好評シリーズ第十弾。

藤井邦夫
知らぬが半兵衛手控帖
雪見酒
長編時代小説
〈書き下ろし〉
大身旗本の本多家を逐電した女中探しを命じられ、不承不承探索を始めた白縫半兵衛だったが、本多家の用人の話に不審を抱く。

藤井邦夫
知らぬが半兵衛手控帖
迷い猫
長編時代小説
〈書き下ろし〉
行方知れずだった鍵役同心が死体で発見された。遺体を検分した同心白縫半兵衛は、着物の裾から猫の爪を発見する。シリーズ第十二弾。

藤井邦夫
知らぬが半兵衛手控帖
秋日和
長編時代小説
〈書き下ろし〉
赤坂御門傍の溜池脇で男が滅多刺しにされて殺された。半兵衛は、男が昔、中村座の大部屋役者をしていた女衒の栄吉だと突き止める。

藤井邦夫
知らぬが半兵衛手控帖
詫び状
長編時代小説
〈書き下ろし〉
白昼、泥酔し刀を振りかざした浅葱裏を一刀のもとに斬り倒した浪人がいた。半兵衛は、田宮流抜刀術の同門とおぼしき男に興味を抱く。

藤井邦夫
知らぬが半兵衛手控帖
五月雨
長編時代小説〈書き下ろし〉
行方知れずの大店の主・宗右衛門がみすぼらしい人足姿で発見された。白縫半兵衛らは記憶を失った宗右衛門が辿った足取りを追い始める。

藤井邦夫
知らぬが半兵衛手控帖
渡り鳥
長編時代小説〈書き下ろし〉
阿片の抜け荷を探索していた北町奉行所隠密廻り同心が姿を消した。臨時廻り同心白縫半兵衛は、深川の廻船問屋に疑いの目を向ける。

藤井邦夫
知らぬが半兵衛手控帖
夕映え
長編戦国
エンターテインメント
大工の佐吉が年老いた母親とともに姿を消した。惚けた老婆と親孝行の倅の身を案じた同心白縫半兵衛が、二人の足取りを追いはじめる。

藤井邦夫
知らぬが半兵衛手控帖
主《しゅう》殺《ごろ》し
長編時代小説〈書き下ろし〉
日本橋の高札場に置き去りにされた子供を見つけ、その子の長屋を訪ねた白縫半兵衛は、蒲団の中で腹を刺されて倒れている男を発見する。

藤井邦夫
知らぬが半兵衛手控帖
忘れ雪
長編時代小説〈書き下ろし〉
八丁堀の同心組屋敷に、まだ幼い少年が白縫半兵衛を頼ってきた。少年の体に無数の青痣を見つけた半兵衛は、少年の母親を捜しはじめる。

藤井邦夫
知らぬが半兵衛手控帖
夢芝居
長編時代小説〈書き下ろし〉
百姓が実の娘の目前で無礼打ちにされた。町方が手出しできない大身旗本の冷酷な所業に、白縫半兵衛が下した決断とは。シリーズ最終巻。

藤井邦夫
柳橋の弥平次捕物噺 一
影法師
時代小説
剃刀与力こと秋山久蔵、知らぬ顔の半兵衛こと同心白縫半兵衛、二人の手先となり大活躍する岡っ引〝柳橋の弥平次〟が帰ってきた！

藤井邦夫

柳橋の弥平次捕物噺二

祝い酒

時代小説

年端もいかない男の子が父親を捜しに船宿『笹舟』にやってきた。だが、その子の父親は弥平次の手先で、探索中に落命した直助だった。

藤井邦夫

柳橋の弥平次捕物噺三

宿《やど》無《な》し

時代小説

浜町堀の稲荷堂で血を吐いて倒れている旅姿の女を助けた岡っ引の弥平次。だが幼い娘を連れたその女の左腕には三分二筋の入墨があった。

藤井邦夫

柳橋の弥平次捕物噺四

道連れ

時代小説

浅草に現れた盗賊〝天狗の政五郎〟一味。政五郎が元高遠藩士だと知った弥平次は、与力秋山久蔵と共に高遠藩江戸屋敷へと向かう。

藤井邦夫

柳橋の弥平次捕物噺五

裏切り

時代小説

待望の赤ん坊を身籠った黄楊櫛職人忠吉の女房おかよ。だが、柳橋に佇み涙を流すおかよは、やがて忠吉のもとから姿を消し……。

藤井邦夫

柳橋の弥平次捕物噺六

愚か者

長編時代小説〈書き下ろし〉

廻り髪結のおゆりを付け廻す御家人、島崎清之助。かつての許嫁島崎との関わりを断とうとするおゆりに、手を差しのべた人物とは……!?

藤井邦夫

新・知らぬが半兵衛手控帖

曼珠沙華《まんじゅしゃげ》

長編時代小説〈書き下ろし〉

藤井邦夫の人気を決定づけた大好評の「知らぬが半兵衛手控帖」シリーズ。その続編が4年ぶりに書き下ろし新シリーズとしてスタート！

藤井邦夫

新・知らぬが半兵衛手控帖

思案橋《しあんばし》

長編時代小説〈書き下ろし〉

楓川に架かる新場橋傍で博奕打ちの猪之吉が死体で発見された。探索を始めた半兵衛の前に猪之吉の情婦の家を窺う浪人が姿を現す。